SHANGHAI LITERATURE & ART PUBLISHING GROUP

故事会
精品系列

社交故事

I0517165

 上海锦绣文章出版社
上海故事会文化传媒有限公司

上海文艺出版(集团)有限公司

图书在版编目(CIP)数据

社交故事 《故事会》编辑部编 - 上海：上海锦绣文章出版社
(故事会精品系列)　ISBN 978-7-80685-962-9
Ⅰ．①社…Ⅱ．①故…Ⅲ．故事 - 作品集 - 世界 Ⅳ．I14
中国版本图书馆 CIP 数据核字 (2008) 第 019737 号

丛 书 名：故事会精品系列

书　　名：社交故事

主　　编：何承伟

编　　委：何承伟　吴　伦　姚自豪　夏一鸣

责任编辑：刘迎曦　鲍　放

装帧设计：王　伟

责任督印：张　凯

出　　　版：　上海锦绣文章出版社

　　　　　　　上海故事会文化传媒有限公司

POD 海外发行：　中国图书进出口上海公司

　　　　　　　电话：021-36357888

　　　　　　　传真：021-36357896

　　　　　　　地址：上海市虹口区广中路 88 号

　　　　　　　邮编：200083

目　　录

友情至上

知过能改

仗 义 执 言

不能同镀金的邪恶和睦相处！做人应该正直，而且有帮助他人的义务，有时候甚至应该连自身都不顾惜。

工 棚 泪

大雪纷纷扬扬地下着,工地上白茫茫一片,没法施工,工程只好停了下来。对民工们来说,终于有了一个可以休息的日子。

工棚里,大胡子美美地伸了个懒腰,这才从被窝里钻出来,顺手点起一支烟。

这时,突然从邻近工棚传来一阵凄厉的叫声,那里是包工头的办公室。大胡子支起耳朵问道:"谁在叫? 出了什么事?"

隔壁铺位上,外号叫"唐老鸭"的民工神情捉摸不定地笑着,他朝大胡子对面的铺位一努嘴,示意说:"嘿,这小子倒了血霉哩……"

此刻,大胡子对面那个铺位正空着,睡这个铺位的民工,名字叫李长富。

大胡子赶紧问:"怎么回事?"

唐老鸭不紧不慢地说:"这小子牌桌上输狠了,想歪道道呢。包工头让他进城买菜,这小子倒好,半道上偷人家承包菜地里的菜。诳那几个菜钱能顶屁用啊? 真是傻到家了,这大雪天里,车辙印直直地把人家菜主引了来。你想,这号事头儿能容得?"

真想不到! 大胡子长叹一声:"唉——长富也实在浑,都四十岁的人了,怎么干起这号事来……"

"输红了眼哩!"唐老鸭淡淡地说着,"他老家是个什么地方,年过四十还没得个媳妇! 他出门干活,为的就是能挣钱回家婆媳妇,赌钱不也为这? 可赌惨啦,能不发急……"

唐老鸭刚说到这里,只听"妈呀——"又是一声惨叫,大胡子从床上一跃而起,立刻冲了出去。大伙儿一看,纷纷跟上。

刚冲到那里,大胡子就愣住了,只见李长富被反剪着双手吊在那里,包工头手里握着不知从哪里弄的竹条,正对他又打又骂。

"你这个不知羞耻的家伙!"包工头手里的竹条"啪"一下抽了上去。

"哎唷……"李长富身子扭动了一下。

"你坏了我工程队的名声,你这个狗日的东西!""啪"又是一下。

"妈嗳,哇——"李长富大概痛得实在受不了了,索性又哭又嚎地大叫起来,那声音在静寂的工地上空萦绕,久久不见散去。

这一下,那个承包菜地的菜主受不了了,他怕弄出人命来,怯怯地走近包工头,拽住他的胳膊求情道:"算了算了,教训教训就是了,来不得真格,也莫要伤了弟兄们的和气。唉,也就这些菜,如今承包着,也丢不了几个钱的……"

"一边去!"包工头朝他吼着,"国有国法,家有家规,包工队自有包工队的规矩,一边闪开去!"他边说边随手一推,那菜主没防着,趔趄了几步,一屁股跌坐在地上,搞了一身的雪。

门外有人讥讽道:"这会儿你充什么善人,不就几个菜钱嘛,还闹到咱们这来干吗……"

大胡子震惊了,把烟头狠狠朝地上一扔,冲进门去,对包工头说:"适可而止吧,闹出人命来事情就不好收场了。"

"你说什么?"包工头扔下竹条,凶狠狠地盯着大胡子。

"不要再打了,要打出人命来的。"大胡子不知哪来的勇气,迎着包工头,一步也不后退。

"你小子,真是活腻了!"包工头鼻子里"哼"了一声,"你也不想想,你在我这儿才干了几天,也敢管我的闲事,你不怕我解雇你?真是吃饱了撑的!"包工头说完,重重地朝地上唾了一口。

大胡子并不理会,一字一顿地对他说:"我只不过是主持公道而已,民工也是人嘛!"

"那好,这话是你说的。"包工头那双充满寒气的眸子转了转,逼着大胡子道,"你小子有种,那你说该怎么处置?"

大胡子不由得一怔,他只不过是出于仗义,怎么处置他倒是没考虑过。

不过,他很快便理出个一二三来,振振有词地说:"念长富是初犯,第一,叫他退出全部非法所得的菜款;第二,向菜主道歉,并且在工程队里作深刻检讨;第三,罚他半个月工资,同时也给大家一次教育……"

大胡子话未说完,谁知李长富却突然大叫起来:"不,不能啊,工头,罚款罚不得啊!愿打,我愿挨打!头儿,你使劲打吧,钱万万罚不得啊……"

一时,大胡子愣住了,在场的人大家面面相觑,全给惊呆了。包工头突然放声大笑起来:"小子够种,哈哈哈……"

大胡子忽然觉得自己就像是受到了侮辱和愚弄,真是傻得可恨,空掷了一腔路见不平的侠义心肠。他被深深地激怒了,如牤牛一般向李长富冲去,愤怒地叫骂道:"毛驴子,活该挨打!打……"他狠狠一跺脚,转身冲出棚子。

只听包工头仍在大笑,而且笑得更凶:"贱货,算我服了他了,给这龟儿子松绑……"

工地上立刻陷入死一般的沉寂。

不一会儿,李长富回来了,他有气无力地拖着沉重的双腿,苍白的脸庞挂着血印。他瞅着床铺上的大胡子,忽然双膝一屈跪了下来:"谢谢大哥的搭救之恩。"

大胡子不由得一惊,唐老鸭也呆住了。为什么?他李长富这一谢一跪,连自己的年龄都不顾了,大胡子要整整小他十岁哪!

李长富跪在那里,说:"兄弟有罪,大哥你好仗义!往后有用得着兄弟的时候,大哥只管吩咐就是了……"

大胡子回过神来,一股怒火又冒了上来,硬邦邦地说:"起来,起来,少来这一套,你他妈的实在不是个东西!老子替你抱不平,你却贱得可以哩……"

李长富苦着脸分辩道:"大哥呀,我可实在是罚不起!几千元的钱全……全输完了,还落了债呢……"

"输了几千元?"大胡子不听还好,一听这话,火冒三丈:"你实在不是个东西,混账!你不是人!"

李长富连连点着头,痛哭流涕:"我不是个东西,我是混账,我不是人……"他一边说一边捶自己的头。

大胡子见李长富还跪在面前,挥手道:"起来,起来,以后再也不许去赌钱了!"

李长富艰难地支着膝盖站起来,连声应道:"是哩是哩,兄弟听大哥的,兄弟听大哥的。"

大胡子问:"还欠下多少钱?"

李长富吞吞吐吐道:"还欠……欠三百多元呢……"

"三百多少？"

"三百六……"

"混账！"大胡子骂着，"刷"松开裤带，把手伸进内裤袋里。忽然，他一眼瞥见唐老鸭那骨碌碌直转的眼睛，便手一指唐老鸭道："自家兄弟有难，众人帮一把。你掏一百！"

唐老鸭脸色突变，小眼睛瞪大了："我……我哪来的钱啊？"

"掏！"大胡子的口气不容置疑，"算老子借你的还不成吗？嗯？"

没办法，唐老鸭只好抖抖索索地把手伸进内衣口袋，苦着脸哀求道："好大哥，我家里老娘有病，娃儿还小。大哥，你是知道的……我这里也就百来块钱，总得让我留几个……"

"那好，"大胡子挺爽快，"我这里正好三百元，你拿六十元出来！"

唐老鸭掏出钱，老大不情愿地递给了大胡子。

大胡子将三百六十元钱一并交给李长富，警告说："听着，要是再敢去赌钱，老子废了你！"

李长富连声称是，又要跪下来。

大胡子脚一跺："不要跪，没出息的东西，还不快去还了你的赌债！"边说边硬把他推出工棚。

唐老鸭朝他背影瞪了一眼："你小子还真走运，挨一顿打就挣下三百六十块钱，有这号美事，老子一天挨两回也干……"

话是这么说，可工棚里的人，眼眶都湿了！

（雷泽建）

（题图：魏忠善）

悲哀的回报

　　韩东是一家公司的卡车司机,这天中午他没出车,正在家里陪几个朋友吃饭,忽听有人敲门。他打开门,见是一个风尘仆仆的中年汉子,那汉子盯着他上下打量着,突然"扑通"一声就跪了下来。

　　韩东莫名其妙地吓了一跳:"你、你这是——"

　　汉子抹着眼泪说:"我总算找到你了,救命恩人哪!"

　　原来那是半个多月前的一天晚上,这汉子因心脏病突然发作,倒在一条四下无人的偏僻路旁,刚巧韩东出车经过,眼见汉子昏迷不醒十分危险,就赶紧将他抱进驾驶室,然后掉转车头直奔市人民医院。幸好汉子口袋里有一千多元钱,还有一个笔记本儿,韩东一面帮着办好入院手续,一面又根据笔记本上的电话号码通知了汉子家属。因为那趟车很急,他把这些安排妥当后便走了。经过一番抢救,那汉子终于转危为安,事后医生告诉汉子说,当时他的心脏已经停跳,假如再晚来五分钟,这条性命就没指望了。

汉子名叫刘照锅,是个本分憨实的乡下人。病愈出院后,他四处打听救命恩人的下落,最后还是根据医院当晚记下的车牌号码,费了很多周折才找到韩东的单位,打听到韩东的姓名和家庭住址。

说实在话,要不是这会儿被提起来,韩东已快把这件事给忘了。他天生一副侠义心肠,去部队当兵那阵就因为救人立过功,复员到单位里也是个老先进,开了十几年的车,没早没晚地在外面跑,像这类事情早就习以为常了。不过现在人家既然谢上门来了,韩东还是赶紧将他让进了屋里。

刘照锅进屋后二话没说,恭恭敬敬地从包里捧出两条极品云烟:"韩师傅,这点小意思,报答不了你的救命大恩,请收下吧。"

韩东觉得怪别扭,说啥也不肯收,僵持半天,倒是几个朋友打圆场先替他接了下来。

大老远的可不能让人家饿肚子,韩东不由分说将刘照锅拉到桌上,添酒夹菜招呼他一块儿吃了饭。饭后,几个朋友陪着喝茶闲聊,顺手拿过那两条极品云烟仔细打量,忽然就你看看我、我看看你地愣住了:"哎呀,这烟……"

刘照锅觉得不对劲儿,忙拆开那精美的包装盒,一看,顿时尴尬得满面通红,恨不能有个地洞钻进去:他花九百多元买来的那两条极品云烟,里面装的竟然是当地产的茅山烟。他被奸商蒙了,这种烟在市面上两条只值23元钱!

韩东本是个开通豁达的人,见此情景,反倒哈哈笑着安慰了刘照锅一番,临走时,又一直将他送到了大门外,说:"人活世上谁会没个难处？我韩东从来就是做好事不图报答,你可千万别再往心里去了。"

可刘照锅却觉得这事没完,硬是被一种欠债的滋味憋得格外难受。

几天后,刘照锅又一次找到韩东家里。这回,他干脆啥都没买,而是拿出了用红纸包好的1000元钱。

韩东这阵已经知道刘照锅家里并不宽裕,为养螃蟹正欠着一大笔债务,自然是无论如何不肯收。憨直的刘照锅没法子,将钱往桌上一丢,拔腿就要走。

这下韩东可受不了,脸红脖子粗地吼道:"我说你还有完没完?你把我韩东当什么人了?是跟我做买卖啦?"他将钱朝刘照锅面前一扔:"拿回去!我要出车了。"说罢"通"一声带上门,头也不回地走了。

刘照锅被晾在一旁,好半天才回过神来。

这事在刘照锅住的村子里传开后,一下子就成了热门话题。有人对他说:"'受人一尺,回敬一丈',自古以来是不成文的规矩,这事说啥也得摆平,不然你就欠人家一辈子呀。"还有人对他说:"做了好事却不要回报,如今哪还有那么多傻人?哼,别是你自己心不诚吧?"打那,刘照锅更是为此坐卧不安,平添了一块心病。

转眼就是菊黄蟹肥的秋天,刘照锅家养殖的几亩螃蟹快要上市了。想着韩东的救命大恩至今还没报答上,他忽然大腿一拍有了主意。

这天下午,刚巧刘照锅打听到韩东要送货到镇上的一家厂里,便赶紧挑最大的螃蟹捞了几十只,装进网兜里,去镇上找韩东。一路上,他心里念叨着:韩东啊韩东,我刘照锅可是真心实意要回报你,这螃蟹也是自己亲手养的,这一回,总该没啥说的吧?

刘照锅赶到镇上,很快就从路边停着的好几辆车中找着了韩东的车子,可是却不见韩东的人影儿,打听了旁边好几个人,也都不知道哪去了。他本想四下寻找,又怕自己走后韩东开车离去闹个两不遇,只好在车子旁边守着。

十月的天气虽说有点转凉了,可那当头的太阳还是热辣辣的。刘照锅站在那里左等右等不见韩东过来,他被太阳烤得昏头涨脑直冒汗,看看旁边连个遮阴歇息的树都没有,便索性躺在韩东的车肚子底下打起了瞌睡。

却说韩东刚才停好车子去厂里结账取款,由于会计不在耽搁了好大工夫。等结完账取了货款出来,见天色已经不早,便匆匆跨进驾驶室,打火挂挡开动了车子。偏偏那车轮不偏不倚从刘照锅的身上碾了过去,韩东只觉得车轮一颠,急忙停车下来看,发现车轮下的刘照锅已经血肉模糊,只剩那一大袋螃蟹还在拼命地爬动。

抚着刘照锅的尸体,韩东这才明白一切,他惨痛地哭道:“刘照锅啊刘照锅,你为啥要这样折腾呢?究竟是我韩东错了,还是你的心眼儿太窄呀……”

（叶林生）

（**题图**：箭　中）

特别的爱

　　小满和男友热恋了两年,就在结婚的前夕,男友突然失踪了。几天后,他发来一封电子邮件:"我认识了一个美国女孩,阻挡不了她带给我的诱惑,我跟她到了美国。小满,我对不起你,你忘了我吧。"小满懵了,整天以泪洗面,沉浸在痛苦和绝望里。

　　为了寻求解脱,小满不久就染上了毒瘾,先是抽大麻,后来用针头注射毒品。本用来买房的存折,上面的金额数越来越少,小满的身体也越来越"飘"。

　　小满不想就这么沉沦下去,她丢下工作,来到戒毒所,两个月的时间里,像是从炼狱里过了一遭。走出戒毒所时,所长语重心长地对小满说:"记住,小满,暂时戒毒并不难,难的是千万不能复吸啊!"

　　所长这话说得没错。从戒毒所回来没多久，小满就觉得自己像被一个魔鬼控制着，她实在没法抗拒，有一天晚上，就又把毒品朝自己胳膊上扎。有了第一、第二次，就一定会有第三、第四次……就这样，小满吸了戒，戒了吸，成了一个屡戒不改的瘾君子。她对自己绝望了，决定找一个地方过足毒瘾，然后就没有遗憾地去死。

　　小满挑了一处风景区，走进一家宾馆，因为是旅游旺季，酒店客满，需要拼房。和小满同住一屋的，是一个叫杨柳的女子。杨柳三十多岁，长得很漂亮，光洁的额头像是白玉一般。小满颓废的神态引起了杨柳的注意，在杨柳的再三追问下，小满说出了自己被男友抛弃的遭遇。

　　杨柳一听，安慰小满说："一个人走的路不可能一辈子平坦，我也有过失恋的经历，我也想过自杀，可我最终还是走出了那个阴影。"杨柳想好好劝劝小满，忽然小满两眼失神地突然起身冲进了卫生间——她的毒瘾发作了！

　　杨柳紧张地紧随其后跟进去，一看小满手里白乎乎的针筒，就明白是怎么回事了。她惊恐地看着小满："你吸毒？"小满不理她，举起针筒就要朝自己胳膊上扎下去。杨柳一看事情不妙，一个箭步冲过来，要夺小满手里的针筒，小满竟像疯了似的，不知道哪来的力气，疯狂地撕扯着杨柳。片刻工夫，杨柳的头发被扯成了鸡窝状，脸上布满了小满指甲留下的鲜红印记，可她还是拼命抓着小满手里的针筒不放。没办法，小满于是就手脚并用，死命将杨柳撞到墙角，杨柳"呼哧呼哧"地喘着粗气，只好眼睁睁地看着小满将毒品注进了胳膊。

　　不一会儿，小满安静下来，一副飘飘欲仙的样子，杨柳挣扎着站起身来，走过去抓住小满的手。小满说："杨大姐，对不起，我弄伤你了。"杨柳轻轻地抚着小满的肩，痛惜地说："小满，毒品是个魔鬼，你怎么能碰它呢？"小满苦笑道："杨大姐，我也后悔，可这玩意儿发作时,我的脑子里就只有它了。我也想摆脱它,可实在摆脱不了,我到戒毒所试过,可只要一离开那里,我就只能向这个魔鬼投降。唉——我已经没有信心了。"停了一下,她又朝杨柳凄然一笑:"杨大姐,我来这里,就已经不准备要命了。不过你放心,我绝不会连累你,我会等你走了之后再……"

"你说什么?"杨柳吃惊地看着小满,"你真想放弃?"小满痛苦地点点头。

第二天早上,小满醒来时,看见杨柳正坐在她面前,愣愣地看着她,那脸上被抓伤的痕迹依然清晰可见。小满满怀歉意地问:"杨大姐,你恨我吗?"杨柳笑笑:"你说呢?"小满露出一丝调皮的微笑,说:"杨大姐那么善良,一定不会的。"杨柳故意板下脸说:"那可不一定!"

说话的时候,刚才还好好的小满又开始恶心,看样子毒瘾又要上来了。小满突然像变了个人,她一边颤抖着双手从随身带的包里摸出针头,一边央求杨柳:"求求你,杨大姐,你不要阻拦我,没用的,那只会伤了你自己。"可杨柳像是根本没听到她说话,她扑上来就要夺小满手里的针筒,小满拼命反抗,杨柳的头发很快又变成了鸡窝状,脸上又是血迹斑斑。

争夺中,杨柳突然将床边柜上小满喝茶的那只玻璃杯狠狠朝自己额头上砸,殷红的鲜血立刻从她白玉般光洁的额头上渗了出来。小满哪里顾及杨柳的这个动作,趁此机会又将针筒扎进了自己芦柴棒似的胳膊。

就在这个时候,杨柳拿出了手机……

不一会儿,警察破门而入。杨柳对警察说:"这个女人吸毒,我想阻止她,她竟用杯子砸我。"可能是因为额头流血过多,她说完就晕了过去。

人赃俱获,小满被铐住了双手。然后两辆车鸣着警笛各奔东西,载杨柳的是救护车,而载小满的那辆,当然是警车。

几天后,杨柳起诉小满故意伤害,那个沾有小满指纹的水杯成了重要证据。证据确凿,两罪并罚,小满被判了一年有期徒刑。

在监狱服刑最初的日子里,小满几度被毒瘾折磨,她几次寻死,可最后都被管教人员救了过来。她一直想不通,常常在心里诅咒杨柳:我与你无怨无仇,你为什么要这样害我?

一年的刑期终于过去了。这一年,对小满来说,真仿佛十年那样漫长。当她怀着无限的感慨终于迈出监狱大门的时候,一眼就看见杨柳站在外面等着她。

杨柳走了过来,对小满说:"如果我没有猜错的话,你现在已经完全戒掉了毒瘾。因为在监狱里,没有人会纵容你,让你接触毒品。小满,原谅我用这么极端的手段来帮你,这种方法或许残酷了些,却能让你绝地重生。我成功了,你也成功了!我相信,你一定会走出生活留给你的阴影!"

小满的心里早已没有了对杨柳的恨,因为她已经从自己的戒毒经历中体会到了杨柳的良苦用心。她的眼睛里充满了泪水,看到杨柳光洁的额头上那道永远抹不掉的月牙形的伤痕,她心里只觉得深深的痛。

杨柳紧紧握着小满的手,说:"小满,我还想告诉你的是,我的男友就因为染上了毒品,在我们快要结婚的时候,撒手撇下了我……我不想你重演他的悲剧。"

小满浑身颤抖起来,她扑倒在杨柳的怀里,心底里一声又一声地呼喊着:"好姐姐,谢谢你……"

(杨　格)

(题图:黄全昌)

戏外情

　　快解放那阵,河北、河南交界地儿有个演员叫文瑶先,老百姓都爱看她的戏。爱到什么程度? 说是"扒了房子卖了砖,也得看看文瑶先"。

　　有个老汉叫黄涞金,已经六十出头,孙子都抱上了,可迷文瑶先迷得个晕头转向,只要听说文瑶先在哪儿演戏,不管春夏秋冬,也不论阴晴雨雪,抬腿就走,绝无二话。

　　这年快到八月十五了,得知文瑶先要在三县十八庄演戏,一个台口三天,黄涞金掰着手指头一算,可以连着看五十四天的戏,不得了呀! 于是不顾老伴再三阻拦,背着半口袋烙饼,扛一把锄头,就上路追星去了。

　　乡下人出门带口粮并不稀奇,可扛锄头干什么? 黄涞金心里有盘算：出去那么长时间，就是带三口袋干粮也不够，得找机会打短工混饭吃呗。就这样，黄涞金开始了艰苦但快乐的看戏生活，白天帮工，晚上看戏，戏散了，他随便找个破庙安身，在廊子底下一躺，还自个儿哼哼戏里的小曲，心里真是美极了。

这天晚上，黄涞金正在台下美滋滋地看戏，忽然有人拍他的肩膀，回头一看，是个和他年纪差不多的男人，对他说："你跟我到后台去。"

黄涞金警惕地问："干啥？"

那人四下看看，把嘴巴凑到他耳根上，说："文瑶先请你……"

"文瑶先？"黄涞金惊讶万分：文瑶先怎么会认识我？虽说是半信半疑，但黄涞金还是跟着那人走了。他心说："我这个大老头子，还怕你给拐到妓院里不成？"

走到后台一看，到处都是着戏装的人，这个过来那个过去，比台上还热闹呢！黄涞金正看得眼花缭乱，一个青衣装束的人轻盈盈地走过来，满脸带笑地叫了声："大爷！"那声音就像一只小手，揉得黄涞金心里那个舒服啊就别提了。

这人就是他最喜欢的名角文瑶先啊！黄涞金太激动了，使足了劲儿应了一声："哎……"

文瑶先让黄涞金坐下，亲手给他端来一杯茶，说："大爷，我留神好几天了，您一直跟着台口走，每天都在那个位置看戏，您老辛苦了。"

黄涞金说："你……你在台上看见我啦？"

"是啊，"文瑶先说，"您老在那个位置站着，我就注意上了。大爷，您老这么喜欢看我的戏，我演起来就更带劲儿了，我谢谢您老！"

一句话，说得黄涞金心里暖乎乎的。

这时候，文瑶先又要上场了，文瑶先对黄涞金说："大爷，您别走,待会儿我还有话说。"

文瑶先高抬的人谁敢怠慢啊,于是这个给黄涞金倒茶,那个给黄涞金敬烟,还有人陪着黄涞金说话。

黄涞金一摆手:"别这样,我是来看戏的。"

大伙赶紧在二幕内侧给他搬了把椅子,黄涞金坐在那儿真高兴啊,这可比站在台底下看美多了。

散了戏,文瑶先果然亲亲热热地又来看黄涞金了,当她听说黄涞金是舍了家打着短工一路跟着来看戏的,心里非常感动,说:"老爷子,您这么看得起我,您的年纪和我父亲差不多,我就认您做干爹吧!"

黄涞金一愣:"这……能行吗?"

"这有什么不行的!"文瑶先是个痛快人,当下就跪在地上"咚咚咚"给黄涞金磕了三个响头,脆生生地叫了声:"干爹!"把个黄涞金乐得差点儿摔在地上。

文瑶先说:"干爹,打今天起,您就别睡庙里了,咱们睡哪儿,哪儿就有您睡的地方。"

黄涞金点点头说:"好,可我今天还得走。"

文瑶先问:"为什么?"

黄涞金"嘿嘿"一笑:"我那锄头还在庙里呢!"

第二天,说好了天一亮黄涞金就回来,可眼看晌午了,就是不见他人影。戏班子里有人嘀咕:"我看那老头儿不来了,咱们文老板给他磕了头,还不够他回去吹一辈子的?"也有人说:"咱先别下结论,再等等吧!"文瑶先什么话也没说,只是对着镜子发愣,一整天都提不起精神。

直到晚饭时,才见黄涞金突然跌跌冲冲地跑进来,上气不接下气地喊道:"闺……女啊!"

文瑶先眸子一亮:"干爹!"

大伙儿一看,黄涞金浑身是土,满脸是汗,手里端着一个洗脸盆,里边有毛巾、香皂、梳子,还有一面镜子。

黄涞金把手里的东西塞给文瑶先,擦着满脸的汗水说:"闺女,这是干爹给你的见面礼!"

文瑶先一愣:"您哪儿来的钱?"

黄涞金乐呵呵地说:"我今天给人家锄了两亩地,杀了一口猪,还割了三十斤猪草。我……我还把锄头也卖了,闺女,你可别笑话干爹啊!"

文瑶先一听,泪珠子当场就下来了:"干爹,您这是干什么啊!"

打这以后,黄涞金就跟着戏班子走了,身上穿的,嘴里吃的,都是文瑶先给他打点。最让他开心的是,从此每天能坐在台上看戏了,剧团里上上下下对他很尊敬,走到哪儿都有人一迭声地叫他"老爷子"。黄涞金心里琢磨:我这不成了活神仙了吗?

有这么一天,散了戏,黄涞金发现文瑶先的举止有些反常,就问:"闺女,怎么啦?"文瑶先苦笑一声,什么也没说。管事的,也就是当初在台下叫黄涞金去见文瑶先的那个人,过来说:"文老板累了,您就甭管了,喝……酒去吧。"他把黄涞金拉到一个僻静地方,叫人备下一壶酒和一盆香肠,说了声:"您慢慢喝吧,老爷子!"就走了。

黄涞金独自喝了一阵酒,总觉得心里头"噗噗"直跳,他把酒杯一推,就去找文瑶先。前前后后转了一圈,不见人影,黄涞金就问管事的:"我闺女上哪儿去了?"管事的叹了口气,见瞒不过去,只好说了实话。原来文瑶先让驻在镇上的一个团长给请去了,那家伙是个出名的色鬼,文瑶先和大伙都知道此去凶多吉少,可是又不敢不去。

黄涞金一听暴跳如雷,跺着脚说:"要是往常还罢了,如今她是我闺女,我怎么能看着不管!"

管事的双手一摊,说:"那又能怎么样?"

黄涞金想了想,说:"你快点儿给我装扮装扮。"

管事的眨眨眼,问他:"怎么装扮?"

黄涞金瞪了他一眼:"我叫你怎么着你就怎么着,按我说的做。"

不一会儿,黄涞金就完全成了另一副模样:一身对襟的绸子裤褂,一顶哔叽呢的礼帽,鼻梁上架着一副茶色眼镜,太阳穴上贴着一块狗皮膏药,手里还拿着一对保定府的大铁球。黄涞金把手掌朝上那么一翻,手指头一活动,一对大铁球就在他手里"骨碌碌"地转了起来。黄涞金朝管事的一瞪眼:"还等什么,带我去见那个畜生!"管事的吃不准黄涞金想干什么,又不敢怠慢,当即赶了一辆马车,就把黄涞金送到了团部。

那个狗日的团长正跷着二郎腿坐在太师椅上,一边喝酒一边听文瑶先唱《粉妆楼》。黄涞金径直闯进去的时候,团长正喝得醉眼迷蒙,看黄涞金来势汹汹的样子不敢贸然得罪,猜想他准有来头,不是县长的老丈人也一准是哪个大人物的叔伯哥,于是连忙招呼:"来了,您?"

黄涞金没好气地回他一句:"来了,怎么着?"

那团长真让黄涞金给镇住了,赶紧叫人搬凳上茶。黄涞金自然不客气,一屁股就坐,端起杯子就喝。团长客客气气地说:"您老就先听听小戏吧!"

文瑶先一开始并没看出来人就是黄涞金,可黄涞金一开口,她心里就明白了。"干爹——"文瑶先心里涌起翻江倒海的波澜,她强忍住泪水,继续不紧不慢地唱着。

又唱了一段,黄涞金忽然一拍桌子说:"别唱了,明天还有事呢!"文瑶先赶紧住嘴,琴师马上就收拾东西,黄涞金一挥手,他们就往外走。

团长一时懵了,等他们都走远了,才缓过劲来问:"刚才那老头子……是谁?"

他手下的说:"团长,您……不认识?"

团长急了:"我知道他是哪个庙里的? 他们走,你们怎么也不拦着问问?"

手下说:"团长,您不发话,我们怎么能随便拦呀!"

团长扇了手下一巴掌:"笨蛋,追呀!"

手下被他打得两眼直冒金星,连爬带滚地带着一干人就骑马追了上去。

再说黄涞金冒着危险救出文瑶先之后也不敢怠慢,让管事的驾了马车就急急忙忙往回赶。文瑶先还没来得及说上几句感激的话,远远地就听见后面响起了团长手下那帮人的追赶声。黄涞金一看这阵势,就要往车下跳,他对文瑶先说:"闺女,咱俩有缘分,我当了你几天干爹,值了。我跟他们拼了,你自己要多保重啊!"

文瑶先一看,死死拦住他说:"干爹,要死咱俩一块儿死。"

管事的急了:"我说你们先别死死死的行不,咱们不是还没落在他们手里呢!"说完,"啪"一甩鞭子,马车风驰电掣般地直朝前奔。

说话间,马车到了一座窄窄的木桥前,那马扬起前蹄昂头长嘶,猛地停了下来。那木桥是用几根圆木拼在一起的,桥面也就五尺多宽,白天慢慢走还差不多,可现在是晚上,后面又追得急,管事的一时还真毛了。黄涞金是种地人出身,自然会使牲口,他立刻从管事的手里接过鞭子,眯着眼睛瞄准了前方,使劲朝马身上抽了一鞭,大喝一声:"我说伙计,帮个忙啊!"那马真是争气,硬是笔直一条线地跑了过去。几乎是在同时,黄涞金猛地又朝马身上抽了一鞭,把鞭子朝管事的手上一塞,自己却滚下了车。

等黄涞金从地上爬起来的时候,他闺女文瑶先坐的马车已经不见了踪影。黄涞金抬头一看,后面团长的兵冲过来了,前面几匹马已经上了桥。黄涞金急得在身上乱抓,一下摸到两个圆溜溜、冰凉凉、硬邦邦的东西。是什么？保定府的大铁球。黄涞金急中生智拿出一个铁球就朝冲在最前面的追兵扔过去，"咕咚"那个兵连人带马摔进了河里。第二匹马也过来了，黄涞金"照方子抓药"又将一个铁球扔了过去。还真妙，那个当兵的人摔进了河里，他骑的马却留在木桥上，结果把后面的马队都给撂倒了，只听得"扑通扑通"一阵乱响，后面的人马全都掉进河里去了。

黄涞金兴奋得像个小孩一样拍着手连连叫好。这时候，只听身后响起一阵马蹄声，他回头一看，原来是文瑶先坚持让管事的把车赶回来。干爹舍身救她，她怎么能抛下干爹自己逃命呢？

文瑶先见黄涞金毫毛未损，一把抱住他，流着泪说："干爹，您先回家吧，别跟着我们担惊受怕了。"

黄涞金摇摇头："这叫什么话，我能放心走吗？"

当下，几个人一商量，都觉得这里已不是久留之地，大家都得赶快走。文瑶先让管事的把戏班子的人分成几拨，说好碰头的地点，分头行动。黄涞金一定要护送文瑶先，管事的觉得他们危险太大，也坚持一定要与他们一路同行，于是文瑶先只好让琴师赶快赶着马车回去通知大家，他们三个人又重新上了路。

紧赶慢赶走了一夜，眼看到了临县地界，三个人这才松了口气。想想白天目标太大，于是他们就在树林里找了个地方坐下来，想好好休息一下，等天黑了再赶路。毕竟受了一夜的惊吓和颠簸，三个人两眼一合就都进入了梦乡。

突然传来一阵脚步声，声音还挺大，管事的从睡梦中惊醒，抬头一看，是一队当兵的朝他们跑了过来，他不由得惊叫一声："坏了……"连忙把文瑶先和黄涞金推醒。文瑶先一看，咬咬牙说："我……我跟他们拼了！"黄涞金瞪红了眼，一步就跳到了文瑶先身边。

这当儿，当兵的已经冲到他们跟前，"呼啦啦"围了上来。其中一个看样子是当官的,看了看文瑶先,疑惑地问:"您是……"

文瑶先头一昂:"我就是文瑶先。这事和他们无关,要怎么着你们朝我来!"

当官的笑了:"我说嘛,怎么看着眼熟。你们误会啦!"当官的让文瑶先看他胸前的标志,原来这些兵是解放军,和那个国民党缺德团长根本是两码事。

黄涞金呲着嘴说:"怎么当官的和当官的不一样啊?"

这个当官的也是个团长,团长弄明白他们是怎么回事后,对他们说:"现在咱们解放区一天比一天扩大,你们愿意不愿意去演出啊? 费用我们照付。"

文瑶先和管事的还没说话,黄涞金就一拍巴掌说:"那有什么不可以的,戏班子就是要演戏嘛!"

文瑶先对他说:"干爹,您就别跟着去了,回家吧!"

黄涞金不高兴了:"我就是不算戏班子的人,也是你干爹吧,怎么,想撵我走?"

文瑶先说:"我哪有这个意思,我是怕我干娘着急。"

黄涞金想了想,说:"那就给她捎个信。"

文瑶先点点头:"这倒是个好主意。"待戏班子的人都齐了后,文瑶先找了个人专门去替黄涞金办这事儿,自己就一门心思带着大家在解放区巡回演戏。黄涞金呢,跟着文瑶先走南闯北走了好几个月,乐此不疲。

眼看快要过年了,文瑶先再次催黄涞金回去,说:"干爹,您再不回去,干娘非怪我不可。您先回去,等明年过了八月十五,我还把您接来,行不?"黄涞金这才依依不舍地和文瑶先告别,坐着文瑶先雇的马车回家去了。

他进村来到家门口,抬头一看,咦,原来破旧不堪的门楼怎么修葺一新了? 踏进门,他更加吃惊,屋里的家具是新的,炕上的被褥也是新的。他心说:"坏了,走错门了。"赶紧回头出来。

可站在院子里一看,东边老宋家,西边老赵家,门前有条河,没错啊?

就在这时,他身后有人说话了:"你这个死老头子,还知道回来啊?"他回头一看,是自己的老伴。

他上上下下不住地打量她,老伴笑了:"怎么,认生了啊?"

黄涞金指着门楼和房子问:"这……这是怎么回事?"

老伴说:"那天来了一个人,说是戏班子里的,来了就找人收拾屋子……怎么,你不知道啊?"

黄涞金明白了,不禁老泪纵横:"我闺女真是个有情有义的人啊!"

（崔　陟）

（题图:安玉民）

乐 善 好 义

助人为乐的人确实有,不过只有毫无嫉妒之心、能衷心祝愿你幸福的人,才堪称真正的朋友。

珍贵的施舍

　　有个乞丐,年纪不大,却很可怜,因为他的右臂没了,衣袖空空的直晃荡,拿东西全凭一只左手。他的这种处境,很能引起人们的同情,许多人都愿向他施舍,给吃的,给穿的,当然更多的是给钱。

　　有一天,他来到一户人家门口,三声一叫,走出来一位老太太。老太太朝他上上下下一打量,然后指了指门口的一堆砖,说:"你能帮我把这些砖搬到屋后去吗?"

　　乞丐皱了皱眉,说:"大妈,你没看见我只有一只手吗? 要是能搬砖,我干吗要沿街乞讨?"

　　老太太没说话,走到门口,用左手抓起两块砖,搬到屋后,回来说:"你看见了吗? 用一只手也能干活。我能干,你为什么就干不了呢?"

她见乞丐站着不动,便捋起右边的袖子说:"你看,我跟你一样,也少一条胳膊,所不同的是,我安了假肢,无非是装装门面,不让衣袖空晃荡而已。"

乞丐像被什么东西刺了一下,觉得浑身不自在,但他没有一走了之,而是说:"大妈,我搬,我这就搬。"他先是一趟搬一块,而后两块,最后增加到三块,足足干了两小时,才将那堆砖搬完。

老太太见他满头大汗,满脸是灰,递给他一条雪白的毛巾,还给他泡上一杯茶,并且给了他 20 元钱。

乞丐接过钱,很感激地说:"谢谢你,大妈。"

老太太摇摇手:"用不着谢我,这是你凭力气挣的工钱。"

乞丐什么话也没说,只是向老太太鞠了个躬,转身走了。

打那以后,凡有乞丐上门乞讨,老太太都要他们搬砖。但乞丐不一样,有摇摇头不愿干的,有骂骂咧咧走掉的,当然也有干得很起劲的。对于帮她搬砖的乞丐,老太太照样递毛巾、泡茶,还给 20 元钱。

这一来,老太太的那堆砖一会儿被搬到屋后,过几天又被搬到门前。有人问她究竟想把砖放在哪里,她说:"放在门前和放在屋后都一样。"

"那你叫他们来回搬动干啥?"

老太太笑笑说:"对乞丐来说,搬砖和不搬砖怕是大不相同了。"

她一如既往,见了乞丐就让他们搬砖。

一晃过去了 6 年,老太太头发白了,牙齿掉了,眼睛花了,背也驼了,一副老态龙钟的模样。

那天,她正在屋里扫地,来了个人,进门就说:"大妈,你好呀,你还认识我吗?"

老太太凑上前去,细细一打量,只见他一身西装革履,风度翻翩,跟电视里的那些老板一模一样,可是搜肠刮肚也想不起他究竟是谁,于是摇摇头:"我不认识,你是谁呀?"

"大妈,你忘啦,我就是六年前到你门口乞讨,你要我搬砖的那个一只手的乞丐呀!"

"可你的两只手不是好好的吗?"

"大妈,我的右手是假的,这是向你学习,装的假肢呀!"

老太太一摸他的右臂,果然硬邦邦的,这才笑着说:"好啊,好啊,你干得不赖,快请坐,我给你泡茶。"

那老板拦住她说:"大妈,你别忙活了,你坐下,听我说,我有今天,全靠你呀,如果你当年不叫我搬砖,那我至今还是个乞丐;自从给你搬了砖,我告别了乞讨生涯,下决心跟你一样,用一只手去创造新的生活,所以才成为一家公司的老板。我今天来不为别的,只是想请你跟我一起走,到城里去安度晚年,这也算是我的一点心意。"

老太太摇摇头:"你的情我领了,但我不能接受你的照顾。因为你能成为老板,是你自己努力的结果,我无功岂能受禄?再说,我们一家人个个都有两只手,我哪怕躺在床上不会动弹,他们也会照顾我的。"

老板坚持说:"大妈,可我已经为你买好了房子,你不愿常住,去待一段时间,行吗?"

老太太笑笑说:"不必了吧,如果你真有心帮助别人,能不能把房子送给连一只手都没有的人呢?"

(杨汉光)

(**题图**:蒋　中)

骑在你的脖子上

　　有话没处说，有理没处诉，有冤没处伸，有状没处告，这是最窝囊的事。刘二就是这样，村里修路，占了他家的一个牛棚，村主任说赔200元，刘二说要赔1000元，村主任于是把脸一拉，说："赔你200元已经不错了，你再争，一分钱都不给了！"

　　其实刘二那个牛棚确实不止200元，可人家是村主任，手里有权，往后还得在人家眼皮子底下过日子，你说有啥法？

　　刘二闷闷不乐，这天，想到县城去散散心。到了城里，正碰上北京有个"心连心"艺术团下乡演出，于是刘二就来到县城的大操场上看热闹。

　　刘二到了那里，演出已经开始了，舞台是临时搭的，四处围满了从方圆几十里赶来看戏的老百姓，人山人海，万头攒动，连墙头、树上都爬满了人，刘二在人墙外转了一圈，也没有找到一个能看得到台上的地方。

找不到看戏地方的人很多，有一个中年人，找得满头大汗的，刘二过去，和他搭起话来："喂，你也找不到位子？"

那汉子说："我有位子，在里面，刚才出来办点事，现在进不去了。"

刘二说："现在进去也没用，你的位子肯定被别人占去了，我倒有个办法，能看到演出。"

那汉子喜出望外，忙问："什么办法，快说说！"

"我们轮流骑脖子看演出。"

汉子想了想，说："好。"说罢他就蹲下身来，刘二又开两腿，骑到了他的脖子上，汉子抓着刘二的腿，慢慢站了起来，这一来，刘二的头就高出了别人的头，终于能看到台上精彩的演出了。

那汉子看不到演出，闲着无事，就跟刘二说起话来，问他是哪里人，进城干什么，刘二说心里不自在，进城散散心，说着说着，就说到了牛棚的事。

汉子说："你一个破牛棚哪里值 1000 元呀！"

刘二脖子一挺，不服气地说："可也不止 200 元呀！我就是看不惯村主任欺负人！"

"你们村主任经常欺负人吗？"

"那还用说！"

那汉子来了兴趣，说："村主任怎么欺负人，你说几件事给我听听。"

刘二伸手拍了拍汉子的脑袋，喝道："别说话，有个漂亮的演员上场了！"

刘二正看得笑呵呵的，忽然听到背后有人大声说："陈乡长，你怎么被这个人当马骑着？"

刘二一听，一个激灵，回头一看，背后又站了个人，那人很生气地把刘二揪了下来："你好大的胆,敢骑到我们乡长的脖子上?"

刘二一听吓坏了,战战兢兢地说:"我不知道他是乡长,看他晒得黑黑的,还以为和我一样是农民呢!"

陈乡长笑了笑,说:"没什么,没什么,我们说好轮流骑脖子的。"

那人说:"陈乡长,我们走吧。"

这时,陈乡长拍了拍刘二的肩,说:"你放心,明天我到你们村去,一定按牛棚的实价赔偿你。"

刘二好感动,他说:"有你这样的乡长,我那牛棚赔多少都无所谓了!"

陈乡长正要钻进人堆看戏去,刘二不知从哪来的勇气,赶上去一把拉住陈乡长的手说:"乡长,我们说好的,轮流骑脖子,来,我让你骑一回!"他说着就蹲下了身。

陈乡长看了刘二好一会,才慢慢骑到了他的脖子上。陈乡长的体重还真够分量,但刘二还是挺直了腰,把他高高地托了起来。

刘二微微喘着气,问:"乡长,看到演出了吗?"

"好兄弟,我看到了……"其实陈乡长什么也没看到,因为他的眼眶里已满是泪水……

(杨　萍)

(**题图**:魏忠善)

漂泊路上

　　都说"穷人的孩子早当家",说来也是啊！玲玲十八岁那年就开始走南闯北到全国各地去推销家乡的名茶,成了一个道地的卖茶妹子。在外漂泊的日子里,要说她最怕的是什么,不是山高路远,不是受冻挨饿,最怕的就是夜晚。对一个姑娘来说,夜晚借宿在外实在是一件很可怕的事情,遭人拒绝,被人猜疑,受人欺负,甚至半夜被人撵出来,都是常有的事。

　　这天黄昏,玲玲在鄂东一个名叫李家村的地方做完最后一笔生意,天已经黑透了。这是一个偏僻的村庄,离小镇有二十多里山地,玲玲不敢独自走夜路,而且已经累得没了力气,恨不得歪在路边倒头就睡,她硬撑着在村里寻找夜宿的地方,后来在鱼塘边发现了一个大概是人家守夜住的小屋,门虚掩着,里面没有一丝儿亮光,玲玲决定就在那儿歇歇脚再说。

为了以防万一,玲玲走近小屋时轻轻唤了几声,果真没人,这才小心翼翼地钻进去。黑暗中,玲玲摸到里面有一张床,床上还有被子,她真是喜出望外,掀开被子就睡下了。她已经多少时候没有这么睡过了,一觉醒来已是第二天早上,太阳升起老高,她慌慌张张爬起来,到门口张望了一下,见四周没人,背起茶袋就赶紧逃出小屋。

走出大老远,玲玲才敢回头。阳光下,那小屋虽然又破又脏,可正是这个简陋的地方,昨晚却给了玲玲一夜好睡!玲玲心存感激地望着这个对别人来说毫不起眼的地方,眼睛里溢满了泪水。这天,玲玲没有走远,不知是因为这一带生意不错还是因为这个温暖的小屋,反正夜幕降临的时候,她不由自主地又钻进了那个小屋。屋里还是没人,不过玲玲发现小屋的主人白天回来过,而且肯定也是个女的,因为床上多了一把梳子和一面小圆镜,还有一件女人穿的小衣服。玲玲绷紧的心完全放松下来:女人和女人,怕啥!她干脆放心地脱了衣服,舒舒服服地睡下了。

玲玲很想能够见上这个女人一面,所以第三天卖完茶叶,她轻车熟路早早地就回到了小屋,可遗憾的是这个女人并没有来。玲玲卖茶不能老待在一个地方,明天就要离开这儿了,晚上,带着深深的失望,渐渐进入了梦乡。这一夜玲玲睡得特别香,当鸡叫头遍又一个黎明到来的时候,她才一骨碌爬起来,临走时将床铺收拾得干干净净,又从茶袋里掏出三包茶叶,压在枕头底下,她想对女主人表示一点谢意。

这个小屋也许以后再也不会来了,玲玲跨出门后,充满眷恋地在屋前屋后走了一转。可是这一转不打紧,她发现屋后的水沟旁躺着个人,是个四十出头的汉子,身上还盖着一件破棉袄。玲玲顿时毛骨悚然,"啊"地惊叫一声,拔腿就跑,一路跑一路庆幸自己幸亏走得及时,否则那汉子醒来,真不知会干出什么事来。

一个月后,玲玲卖茶再一次路经鄂东,她特地去了一趟李家村,乡亲们很快就认出了她。有个大嫂拉着她的手问:"妹子,一个月前,你在村外塘边那个小屋住过几夜吧?"玲玲的脸顿时红到了耳根,不好意思地点点头。大嫂迟疑片刻,说:"那守夜的二愣子,没把你咋样吧?"玲玲立刻猜到,大嫂说的二愣子准是她临走时撞见的那个汉子,玲玲告诉大嫂,她在小屋住了三夜,只是到临走时,才发现二愣子睡在屋后的水沟旁。

大嫂听玲玲这么说,眼圈儿就红了,大滴大滴的泪水直往下掉。大嫂说,那守鱼塘的二愣子是她的小叔子,从小就没了爹娘,在哥哥的拉扯下念了几年书,结婚后跟一个窑匠学烧窑,没学多长时间,竟得了严重的哮喘病,媳妇为了挣钱给他治病,去南方打工,在一次火灾中命丧他乡,二愣子天天在家盼媳妇,怎么也料不到盼回来的却是一只骨灰盒,从此就清醒一阵糊涂一阵,时不时跑到村口,将归乡的女人都认成是自己的媳妇。那一夜,他见小屋忽然来了个女人,又犯糊涂了,以为是媳妇回来了,后来才明白那也是一个漂泊在外的女人,夜里没地方睡,把他的小屋当窝住了。二愣子心痛得不得了,不但没赶那女人走,还生怕吓着她,故意把过去媳妇用过的东西放在床上……他自己呢,怕女人一个人睡塘边不安全,晚上天又冷,于是就揣瓶酒,喝得烂醉后睡在屋后头,整整睡了三夜。女人走后不久,二愣子因为受了风寒哮喘病发作,有天夜里一口痰堵住了喉咙,一个人就这么去了……

听罢大嫂的哭诉,玲玲如遭五雷轰顶,她啥话也没说,疯了似的往水塘边跑。后来,大嫂带玲玲来到二愣子的坟前,玲玲长跪在地,连连呼喊着:"大哥,大哥呀,我就是那个漂泊的妹子啊!三夜之恩,我咋报答你啊?"

(红　叶)

(题图:安玉民)

只要你过得比我好

有对老夫妻，儿子在外地，每次打电话回家，老太太问儿子吃的啥，儿子总回答："吃热狗。"老两口平时吃烙饼喝稀饭，这"热狗"是啥滋味，还真没尝过，于是老太太就给老头三十块钱，让他出去买俩热狗回来尝尝。

老头走到街上，没看到热狗，却看到有个小伙子在卖狗。这小伙子穿着西装，打着领带，一看就是个白领，他卖狗的方法也和别人不一样，一定要狗看上了新主人，才谈价格，否则给多少钱都免谈。旁观者中有不少人觉得新鲜，想上去试试，可这狗脾气很大，对这些人一个也看不上，谁上来都"汪汪"乱叫，张嘴咬人。

老头觉得稀奇，细看这狗，金黄的体毛，雪白的围脖，是条正宗的苏格兰牧羊犬。老头看着喜欢，也上前摸了摸。嘿，怪了，这狗见了老头，温顺得像只小绵羊，不但不叫不咬，还伸出温热的舌头舔老头的手，舔得老头心里酥酥的。

想起儿子小时候就着自己的手吃桂花糖、伸出舌头舔糖碴的情形，老头刹那间就打定主意，要把这条狗买下来。老头想：这样不但可以解了儿子不在身边的冷清，就是平时吃剩下的饭菜也有个去处了。

小伙子一看老头想买，伸出手掌开了个价："五千。"

老头摇摇头："这种狗最多三千。"

小伙子翻翻白眼："我就这价儿，您爱买不买。"

老头转身就走，一步三回头，走了好远，看小伙子真没喊的意思，只好又回来，咬咬牙说："算你狠。"他从附近相熟的小店里借了四千块，又摘下儿子给买的劳力士手表，总算把狗买了下来。

老头牵着狗走了不到两百米，小伙子举着钱从后面追上来。老头不由一阵紧张，急着说："男子汉大丈夫，不兴反悔的啊。"

小伙子"嘿嘿"一乐，说："我就反悔，我不卖了。"说完，把钱和手表塞进老头口袋里，咽了口唾沫，说，"我的狗白送给您。"

老头被弄愣了，这是演的哪一出呀？

小伙子叹口气，说："大爷，不瞒您说，我在外企上班，因为工作紧张，经常通宵加班，实在没法照顾这条狗，才狠心把它送人。我担心这狗跟了新主人受罪，所以就让狗挑主人，挑好了再故意高高开价，看看买主是真心喜欢还是打算转手倒卖。"

老头一听，拿出三千要还给小伙子："那你好歹留个本钱。"

小伙子坚决不要："我只希望它过得比我好。"说罢，眼圈一红，掏出狗的户口本、防疫证递给老头，掉头跑了。

老头白得了一条纯种牧羊犬，而且还有户口本、防疫证，非常高兴。他牵着狗，倒也没忘买热狗，然后一路哼着小曲回了家。

一进家门，老头就向老太太吹嘘："嘿，这狗和我有缘分，满大街的人不要，单单挑中了我，你瞧——"说着，他取出一个热狗，递到狗的面前："来，乖，你舔我的手，我给你这个。"

谁知狗的态度发生了一百八十度大转变，不但不过来，反向后退了两步。

老太太说："嘿，老头子，你真厉害啊，这一会儿的工夫，跑天津去了。"

老头摸不着头脑："谁？谁跑天津去了？"

老太太说："你没跑天津去，哪弄的'狗不理'啊？"

老头气得把热狗往桌上一扔，冲狗一瞪眼："你还真难伺候，热狗都不吃，我还指望你吃剩菜剩饭呢！"

老太太说："你接管它的时候，有没有问它的食性？"

老头一想：糟糕，我是该问一问这狗平时都吃的什么。唉——他只得把狗往院子里一拴，回进屋拿了个小碗，放在狗面前，准备一样一样地试。

老头先拿了点早晨的剩稀饭，狗不吃；再拿馒头，狗依然不吃；试试油条，狗还是不吃。老头跑了一趟又一趟，最后都快摆上全席了，可这狗还是眯着眼在那儿趴着，动都不动。这下老头没咒念了，在屋里心神不定地来回走动，晃得老太太头都晕了。

老太太看他这个样子，就说："你在这儿瞎折腾，还不如找它主人去？"

老头直摇头："找？上哪儿找去？要能找着，我早去了！"

老太太说："没听说过吗，猫记千，狗记万，小鸡还记两里半呢！没准儿这狗自己就能找着。"

一语惊醒梦中人，老头一拍大腿："是呀！"于是立即牵这狗去找。

一开门，哟，迎面就撞上了那个卖狗的小伙子。小伙子见了老头乐了："大爷，我从小店店主那儿打听到您的地址，总算找到您了。"说着，他从他开来的小车后备箱里抱出狗的小屋、睡垫、衣服、餐具，一样样往老头屋里搬。

老头拉住小伙问："小伙子，先别忙，我问你，你的狗有没有病？怎么啥都不吃呢？"

小伙子一听，挠挠头皮，不好意思地说："忘了告诉您，这狗有个毛病：只要是拴着它，半尺之外的东西，哪怕是山珍海味，它都不会碰一碰的，链子再长都不碰。"他边说边示范，用手把那碗稀饭推到狗面前，半尺以外，狗果然看都不看，一到半尺以内，那狗立即两眼放光，张口大吞，没几下，就把那碗稀饭喝光了。

老头看得呆了，半晌才想起来问："你怎么训的，尺度把握得这么准。"

小伙子不答，蹲下身把馒头、油条一样样推过去，狗都吃得津津有味。

老头儿觉得真是稀奇，他学着小伙子的样，抓起那只热狗也送了过去。谁知，狗一看见热狗，就像看到毒药一样，连连后退，碰都不碰。

小伙子见老头疑惑的神情，就说："我工作忙，平时就靠热狗对付肚子，我吃一个，它吃一个。时间长了，它对热狗就腻成这样了，反而喜欢吃您的稀饭馒头。"

噢，原来是这样！老头恍然大悟："难怪我拿热狗逗它，它理都不理我哩。可我还是不明白，它为什么不碰半尺以外的东西呢？"

小伙子说："热狗这东西是高热量，吃了光长肉，我们俩都弄了一身肥肉。我没时间锻炼，也没时间遛狗，后来我想出个办法，给它弄了个跑步机，两边加上栏杆，前面吊根骨头，把狗拴跑步机上，离骨头有半尺远。开始还行，它在上面跑啊跑，努力去够那根骨头，可是时间一长，它跑得再努力也够不着，于是就对半尺之外的食物丧失了兴趣。"

两人正说着，忽听屋里传来呜咽声。

　　老头忙跑进屋里,只见老太太眼泪"扑嗒扑嗒"的,老头连声问:"怎么了? 怎么了?"

　　老太太哽咽着说;"狗吃热狗都腻成这样了,人不知成啥样呢!"

　　老头明白了:原来老太太想起儿子老吃热狗的事了。老两口原来以为儿子在大城市工作,一定样样都好,所以除了寄钱以外很少回家,连电话也不常打回来。现在才明白,儿子天天吃热狗,一定是和这个小伙子一样,忙呀!

　　老太太抹一把泪,站起身来,对小伙子说:"今儿说什么你也不能走,大娘我给你熬粥去。"

　　　　　　　　　　　　　　　　　　　　　　（张东兴）

　　　　　　　　　　　　　　　　　　　（题图:魏忠善）

贵 在 沟 通

能解除别人的痛苦时，就替他解除痛苦，而不要光是在那里表示同情。如果你只打开你的钱柜而不同时打开你的心，也是枉然的，别人的心也始终是向你紧紧关闭的。

10 年的心债

西山镇上有个马翠花,年纪轻轻就死了男人,一个人整日里忙前忙后,还拖着个儿子小宝,日子过得相当艰难。渐渐地,她贪小便宜的心理与日俱增,上菜市场买菜,自以为和菜贩们混熟了,常常买两毛钱的葱,趁人家不备就多拿几根,称半斤菠菜,总要"顺手牵羊"多带走几棵。菜贩们看在她是寡妇的面上,不和她计较。

好在随着斗转星移,马寡妇的儿子小宝终于长大成人,进了一家效益不错的镇办企业。小宝是个懂事的孩子,上班头一个月,就把领到的工资如数交给马寡妇,马寡妇见儿子这么有孝心,想想自己苦日子总算熬出了头,心里可高兴了。

这天,她从小宝给她的工资里抽出三十块钱递给小宝,说:

"去,买八盒好烟回来。"

小宝疑惑地问:"妈,咱家没人抽烟,你买烟干啥?"

马寡妇说:"妈有用。"

小宝点点头,没有再问下去,转身就出了门。

其实,这十多年来,马寡妇虽说在菜市场里占了人家不少便宜,但心里一直内疚得很,因为她知道人家都是做小本生意的,赚头很小,所以心里一直有个念头:等条件好了,一定要还上这笔良心债。现在儿子参加工作了,马寡妇觉得是到了还债的时候了!

不一会儿,小宝就把烟给买回来了,马寡妇把烟装进菜篮子里,径直朝菜市场走去。

她先来到卖菠菜的摊位,客客气气地招呼说:"张大哥,卖菠菜哩?"

那个叫"张大哥"的应道:"是呀,你今个儿要买多少?"

马寡妇说:"你给我称半斤吧!"

等张大哥称好了菜,马寡妇把手伸进篮子里,掏出一盒烟来递了过去:"张大哥,以往买菜,我没少占你的便宜。现在我儿子拿工资了,我请你抽盒烟。"

张大哥愣了,顿了顿,忙摆手说:"大妹子,别,别,你别这样。"

马寡妇说:"我心里一直内疚得很呀!"

"内疚个啥?"

"以前我不该老是占你便宜啊。"

张大哥没想到马寡妇会说这样的话,他很受感动,想了想,连忙说:"大妹子,你并不欠我什么,实话告诉你吧,我知道你要弄'添头',称菜时,我早就把'添头'给扣下来了。你还是赶快把这烟去退了吧!"

啊?这下轮到马寡妇愣住了:事情怎么会是这样?本以为

自己一直在捡便宜,谁知便宜从来就没有捡到过?

马寡妇心里真说不出是什么滋味。她疑疑惑惑地又来到隔壁一个摊位,谁知那个老头的回答居然和张大哥说的一模一样。

马寡妇傻眼了,神情黯然地挎着篮子回家,一路走一路骂,逢人就说:"他们这些该死的家伙,心里只想着钱,我们孤儿寡母日子过得这么苦,他们居然还扣我的秤!"

不久,这话传到张大哥他们耳朵里,这帮人真是哭笑不得。天地良心,这么多年来,他们谁都没有扣过马寡妇一两秤,当时他们故意和马寡妇这么说,是不想让她破费。

（刘　膺）

（**题图：王申生**）

打气

　　这天早上,天刚蒙蒙亮,刘大头就将自己的修车摊子摆了出去。昨晚上他看了中央台"焦点访谈",那里面播了几个贪官贪赃枉法的事,气得他一夜没睡好,所以今儿一早就出摊了。

　　眼下,大街上还没有一个行人,他伸了下懒腰,心里感到憋得慌,又"啊啊"地吼了两嗓子。

　　就在这时,"叮铃"一声,有个中年妇女推着车走了过来,边支车边说:"师傅,打下气。"

　　刘大头抬眼打量了她一下,有点脸熟,猜测大概也是住在附近小区的。看这女人穿得干干净净,脸上化了淡淡的妆,不用问,一定是个坐机关的。刘大头就想:她十有八九也不是只好鸟,没准刚从哪儿风流回来。于是冷着脸不答话。

那女人见刘大头没吭声，又说了一句："师傅，我要打气！"

刘大头"哼"了一声，说："气筒子不是摆在那儿吗。怎么，要我伺候你？"

女人被噎得一愣，想说什么没说出来。她想到别的地方去打气，可是看了看前后左右，只有刘大头这一个修车摊子，于是咬咬牙，从地上挑了个气筒子，然后拧开气门芯，使足了劲，一下一下地打了起来。

两分钟后，那女人的自行车打足了气。她从车后座下掏出一块抹布，擦了擦手，在兜里翻了半天，最后拿出一张百元钞票，递给刘大头。

刘大头皱皱眉，冷冷地说："两毛！"

女人翻了翻衣袋，说："对不起，今天我出门急，换了衣服，没带零钱。"

"你再找找。"

"真的没有。"

刘大头低头收拾工具，头也不抬地说："那你就等着。等我什么时候有了零钱再找给你。"

女人说："师傅，我还有事呢。"

"谁没事呀，天底下就你一人忙？"

女人赔着笑，用手指了指不远处，说："师傅，我就住在9号楼，要不下午我再给你送钱来？"

刘大头眯起眼，上上下下又将这女人瞅了个遍，瞅得这女人浑身不自在，这才说："你红嘴白牙，上下嘴唇一碰倒说得挺轻巧。你跑了，我到哪儿找你去？"

"你——"那女人仿佛受到了侮辱，脸涨得通红，"你怎么这么不相信人。"

刘大头摇摇头，说："这年头，谁相信谁呀。昨儿个还人模狗样坐在台上作报告，说不定今天就给检察院铐走啦！"

"师傅,不就是两毛钱嘛,我再不怎么着,也不至于为两毛钱把人格丢了呀。"

刘大头毫不通融,说:"对不起,一手交钱一手清。"

那女人抬腕看了看手表,显得有点着急,想了想,说:"要不这么着,我把这车胎里的气放了吧,算我没打。"

"放?"刘大头咧嘴一乐,说,"放不放是你的事,可是你这两毛钱得给。"

"为什么?"

"为什么?看你也人五人六的,像个知书达理的人,怎么这点事理也不明白?我问你,你在商场买了内衣能退吗?当然不能。我这气也就如同那内衣一样,货物售出,概不退换!"

空气仿佛也凝结了,两个人僵在那里。

大街上仍是一个行人也没有。那女人急得直跺脚,刘大头呢,就像耍猴似的,乐呵呵地哼起了西皮二黄:"我坐在城楼观山景……"

那女人也是真急了,趁刘大头扭头的时候,飞快地一踢车支架就要骑走,可没想到刘大头比她的动作还快,一把就将她拉住了。

刘大头像得胜将军似的,慢吞吞地说:"想溜?你也不问问大爷我是谁。告诉你,我刘大头专抓像你这样爱贪便宜的,别说你了,就是膀大腰圆的大老爷们怎么样,也得败在我的手中。"

那女人哀求道:"师傅,我求求你,我真的有事。要不,我把这一百元押在你这儿?"

刘大头摇摇头说:"想行贿呀,没门!我靠劳动吃饭,决不想发什么意外之财。"

那女人傻了,走也走不成,溜也溜不掉,她身子一软,一下子坐在地上,"呜呜"地哭了起来。

刘大头扫了一眼,不为所动,自言自语道:"哼,你吓唬谁呀?这个呀,我见得多了。"

这时,街上的行人渐渐多了起来,有的人看到一个女人在修车的摊位前哭,就围了上来,叽叽喳喳地议论。刘大头也不理,仍旧摆弄自己手中的家什。

突然,有人高声叫道:"大头,你这儿干吗呢?"刘大头一看,原来是居委会的张大妈。

张大妈挤进人群,看看刘大头,又看看那哭泣的女人,问:"你干吗欺侮她呀?"

刘大头撇撇嘴,说:"她仗着有几个臭钱,到我这儿显摆,不就是个坐机关的吗?大妈,不瞒您说,现在这坐机关的,就像咱老百姓说的,全拉出去枪毙有冤的,隔一个拉出去枪毙就有漏网的……"

张大妈拦住了刘大头,说:"你在这儿瞎说个啥!天底下就你是好人了?"

"我?得了呗!"

张大妈蹲下来,边搀那女人边对刘大头说:"你就是嘴臭。你认识她吗?她一个下岗的,家里还有一个病人,昨天领导刚刚给她找了个工作,今天要她去面试,想不到让你给耽搁了。"

刘大头看看那女人,感到一头雾水,自言自语道:"她,下岗的?怎么一出手就是百元大票呀?"

那女人止住了哭,抽泣着说:"师傅,这钱是昨天区长送来的慰问金,我还没……"

啊,区长给的?刘大头"嘿"了一声,狠狠地捶了一下自己的脑袋,不好意思地挥挥手,狼狈地说:"算了算了,我白活了大半辈子,连个好赖人都分不出。你赶快去面试吧。"

那女人摇摇头,说:"来不及了。"

"为什么?"

那女人痛苦地说:"人家要我 8 点钟赶到,现在已经 6 点半了,可是还有 50 里路呢……"

刘大头傻了,他没有想到,自己图一时痛快,竟给人家造成这么大的痛苦。他愣怔了一会儿，"呼"地拨开人群，走到路边，拦下了一辆出租车，掏出 100 块钱，对那司机说："兄弟，你给我把那位大姐送去送回，不能耽误她的事儿。"说完，走到那女人身边，诚恳地说："大姐，快上车吧，祝你好运！"

"不，不不不！"那女人头摇得像个拨浪鼓。

刘大头说："别再耽误时间了。实话对你说，我刘大头是对现在社会上的一些不良现象不满，把火发到了你的身上。可话说回来，没有改革开放，我也不会在这儿摆摊。得了，你快上车吧！"说着也不顾手上的油，将那女人推到了出租车里，然后说："你放心去吧，回头，我给你把车子好好拾掇拾掇。"

（范大宇）

（题图：魏忠善）

猫腻

豆子最近在装修新房,他听说装修行业的猫腻特别多,客户只要一不留神,就会挨宰被坑,于是就提高警惕全程监督,生怕装修队在给他装修房子时,在材料和价格里面做手脚。

装修了个把月,工程进展到该铺地板的时候了。豆子对地板的品种一窍不通,本来打算让施工队长老石头直接去建材市场帮自己买,可再一想,又不放心:老石头会不会和木材行的老板合伙来骗自己呢?

于是,他特地向单位请了假,带着老石头打的到市郊一个最大的建材市场。他心想:就算老石头再神通广大,自己去挑,看中以后只不过让老石头帮着把把关,总不会他正好就认识这家木材行的老板,天下哪有这么巧的事情?

在建材市场里,豆子带着老石头一家一家木材行地看,还暗中观察,没发现老石头和这些老板有什么异样关系,看来他们之间是玩不出什么猫腻来啦,豆子的心放了下来。

挑了半天,豆子最后看中了一家木材行的地板,颜色和花纹都合心意,老石头也说不错,夸豆子挺有眼光。可一涉及到价格,豆子心里又疑神疑鬼起来,因为他不知道老板出的价格在市场上算不算公道,他觉得不能单听老石头说,得自己在市场上转一圈,尽可能多地了解一个大概的行情,才能最后作出判断。

说来也巧,这家木材行的隔壁是一家厨卫用品店,墙上挂满了大镜子。豆子无意中朝镜子瞥一眼,这不看不要紧,一看吓一跳,他从镜子里看到,站在自己背后的老石头,正拼命地在朝木材行老板眨眼睛,那老板呢,也在朝老石头使眼色。

好玄哪!豆子不禁惊出一身冷汗:猫腻这东西到底有多深?他们居然胆敢当着我主人的面串通?豆子脑子一转,赶紧找借口打道回府。一路上,他发现老石头一副无精打采的样子,就更加确信自己的怀疑,只是他没想明白:不说话,光眨眼睛,这表示什么意思?

回来之后,豆子费了一番周折,找到一个了解内幕的"专业人士",从他那里知道了施工队长和老板互相眨眼睛、使眼色的奥秘。原来在这个市场里,做买卖有一个通行的暗号,施工队长和老板根本不用事先认识,彼此也不用说话,而是通过眨眼睛来传递信号。施工队长朝老板眨一下眼睛,就表示成交后向老板要一成回扣,眨两下,就是要两成;如果老板也眨一下,就表示同意,眨两下,则表示不行。这是这个市场的潜规则,豆子这样的外行当然不会知道。

豆子算了一下,就他那套100平方米的房子,老石头眨两下眼睛,就能赚他三千多元。豆子恨得咬牙切齿,在心里把老石头骂了个狗血喷头。

骂归骂,可地板还得买呀,他眼珠一转,计上心来。

第二天,豆子拉着他的舅舅来到另一家建材市场,他让舅舅扮演业主,他自己扮演施工队长。豆子自以为和舅舅配合得很默契,可是半天逛下来,什么收获也没有,最后连他自己都记不清自己到底向多少个老板眨了多少回眼睛,那些老板最后总是以断货为由,忽然对他冷眼相待。

无奈,豆子只能无功而返。

当晚,豆子找到那个专业人士,愤愤不平地说:"你说的什么潜规则呀,我看根本就不是那么回事。"

专业人士让豆子把白天的经过说了一遍,问他:"你是怎么朝老板眨的眼睛?"

"就是这么眨的呀!"豆子一边说一边使劲眨两下眼睛,"那天我看我的施工队长朝老板眨了两下,不就是想要两成回扣的意思?我要求也不高,只要两成就够了。"

"错啦错啦!"专业人士哈哈大笑起来,"我的哥们儿,这眨眼睛里面学问可深啦!我告诉你,眨一只眼睛表示你要几成,两只眼睛一起眨,表示今天业主只是来了解行情,并没有购买的意思。既然不买,老板还会对你热情吗?"

专业人士看豆子目瞪口呆的样子,撇了撇嘴,又说:"装潢这里面的猫腻还多着哪,瞧你这道行,嫩了去了!"

豆子听专业人士这么说,心里涌出一股说不出的滋味。他不明白:原本简简单单的事情,干吗要搞得这么复杂?

(周　浩)

(题图:谭海彦)

楼上楼下

　　柳巧稚大学毕业后来到深圳,在一家外资公司做职员。公司主管是个日本人,他总有办法让所有员工像陀螺般的旋转着,因此柳巧稚和同事们整天处在一种超负荷的工作状态中,连喘口气都得抢抓时间。

　　这样仅仅过了半年,柳巧稚就患上了神经衰弱症,烦躁、易怒,尤其是晚上睡觉的时候,哪怕是蛐蛐在叫春,她也会惊醒,一骨碌爬起来,并且此后再难入睡。所以,找个安静的小窝,就成了柳巧稚关乎自己生死存亡的大问题。几经周折,她终于锁定了一个僻静公寓,还算幸运,月底的时候正好公寓里有人出租房子,柳巧稚于是顺利入住。

　　这天晚上,柳巧稚回到公寓,把外套一脱,高跟鞋一蹬,痛痛快快地泡了个热水澡,然后往床上一躺,上下左右一片安静,没多久她就酣然入梦了。

可不知什么时候,柳巧稚突然被一阵"咕咚咕咚"的声音惊醒,她竖起耳朵警觉地一听,是楼上发出的声音,沉闷有力,像是有人故意在用什么东西捣地板。她猜想楼上肯定住着一个上夜班的人。可上夜班就上夜班呗,你捣地板发的是哪门子疯啊?

过了一会儿,楼上的"咕咚"声终于停了,可楼下的柳巧稚却再也睡不着了,她越想越火,一骨碌从床上跳起来,跑到楼上,用拳头擂着那家的门说:"你有病啊?深更半夜捣什么地板?你知不知道人家被吵醒后就再也睡不着了?讨厌!变态!"

柳巧稚话音刚落,就从屋里传出一个男人的声音:"真不好意思,对不起,对不起,我以后一定注意。"人家既然这么说了,柳巧稚就不好再说什么,只得快快地下楼回自己房间。由于一夜没睡好,第二天,她只好头昏脑涨地去上班,工作中出了差错,被主管狠狠批评了一顿,还扣掉了当月的奖金。

这天下班,柳巧稚揣着一肚子的火气和一身的疲惫回家,她没心思吃饭洗澡,一头就倒在了床上。这时候,楼上静悄悄的,想必那个可恶的家伙还没回来,既然他昨天说过以后注意,今天自己应该可以太太平平睡觉了。想到这里,柳巧稚的倦意立刻就上来了,连连打了几个哈欠之后,就昏昏睡了过去。

可是没料到了夜半时分,柳巧稚又被闹醒了,虽说这"咕咚"声比头天晚上要轻得多,可对柳巧稚来说,这声音就像是捣在她的心里。积聚在肚子里的火气终于彻底爆发了,她一骨碌跳下床,操起放在屋角落里的拖把就捣天花板,一边捣一边骂:"我捣我捣,我捣死你这个搅人家好梦的家伙;我捣我捣,我今天非要把天花板给捣个大窟窿出来。"

直捣得筋疲力尽,柳巧稚才发现,不知什么时候,楼上的声音已经停了下来。可接下来她是绝对睡不着了,她决定将这场报复进行到底,于是每隔一分钟就用拖把捣天花板,她想让楼上那可恶的家伙明白:你搅了我的美梦,我让你也睡不成。

就这样,柳巧稚整整折腾了一宿,第二天,她只能请了病假在家里睡觉。虽说付出了代价,不过她的行动还是很有效果,从此以后,楼上那个男人再也没有在深夜捣地板了,柳巧稚夜夜都是一觉睡到天亮。

柳巧稚对自己的这段"战斗史"颇为得意,这些日子由于休息到位,她的精神状态非常好,精神饱满,工作也做得漂亮,主管为了奖励她这些天来的出色表现,特地放了她两天假。这天晚上,柳巧稚越想越高兴,美美地一觉睡到第二天中午才醒。

她在床上伸了个懒腰,正要起来,忽然楼上又响起轻微的"咕咚"声,而且还来来回回地响个不停。柳巧稚奇怪了:楼上这家伙到底在干什么啊?"咕咚"了一会儿,又响起"砰"的一声,这应该是关门的声音,他是去上班了?柳巧稚有些好奇,想看看这个变态的家伙到底长得什么样子,于是一骨碌从床上跳起来,跑到阳台上,等着那个男人出现。

可是等了很久,从他们这幢公寓通往小区大门的通道上,都没有出现一个人影,柳巧稚奇怪了:莫非这个男人钻了地洞?就在这个时候,突然,有一个年轻的大男孩身影出现在柳巧稚的视野里,柳巧稚惊呆了,他长得很壮实,可竟然是一个双腿被截去一半的人,他的腋下架着一副粗大的金属拐杖,一颠一颠地向前走着,拐杖敲击着坚硬的水泥地面,发出沉闷的"咕咚"声。柳巧稚这才恍然大悟:楼上传来的"咕咚"声,其实就是他走路时拐杖捣地板发出的声音。后来那声音轻了些,肯定是他在拐杖末端裹上了棉絮之类的东西。

柳巧稚顿时心跳不已,一股内疚感油然而生:那么后来,这"咕咚"声是怎么消失的呢?不拄拐杖,他总不能在屋里飞来飞去吧?柳巧稚决心找出这个答案。

当晚,夜深了,柳巧稚还没有睡觉,她在等着楼上的大男孩回来。

终于,楼道里响起一阵轻微的"咕咚"声,柳巧稚立即开门迎了上去。大男孩有些吃惊,尴尬而疑惑地望着柳巧稚。

柳巧稚的声音有些颤抖:"告诉我,这些天来,为什么我一点听不到楼上有声音?"大男孩憨厚地笑着,没有说话。

柳巧稚急了:"你要不说,我们就在这里站一夜,谁也不准回家。"

这下大男孩似乎是没辙了,吞吞吐吐地说:"我……其实我回来以后就是刷牙、洗澡这点儿事,我怕再吵了你,所以,所以……"

柳巧稚追问道:"所以怎么样?"

大男孩苍白的脸上泛起了红晕,小声地说:"没有更好的办法,所以我就不用拐杖,在……在地上爬。"

爬?柳巧稚惊呆了:为了让楼下一个陌生人能够睡上好觉,他居然爬着去刷牙,爬着去洗澡,爬着去睡觉?

周围一片寂静,两个人甚至可以感觉得到彼此的心跳。忽然,出现了一种声音,那是一种畅快的抽泣声,是从柳巧稚的心里发出来的心声。

不久,柳巧稚成了这个大男孩的女朋友,因为她相信:一个愿意为了陌生人爬行的人,他的爱不会残缺。

（杨　格）

（题图:安玉民）

邻居送来排骨汤

　　老戈原来在市委机关工作,今年调到城西担任社区主任。为了工作方便,他和别人换了一套房,把家也搬到了社区。

　　刚安好家,就有人找上门来。

　　那天傍晚,老戈赴宴回来,正想喝杯茶解解酒,就听见门外有人亲热地喊"老戈",接着摁响了门铃。老戈让妻子高雅开门,见来的是一位面生的大嫂,手里端着一碗汤,一边进门一边嘴里说个不停:"老戈,这是我刚煨好的湖藕排骨汤,特地给你们家盛了一碗,赶快趁热尝尝。"老戈心想:这人大概是隔壁邻居,虽然我不认识人家,也许人家认识我,毕竟自己是这儿的新领导嘛。于是便彬彬有礼地说:"谢谢,谢谢!请问你是……"

　　大嫂听老戈这么说,愣了一下,满脸歉意地说:"噢,不好意思,我是你们楼下的,我姓白。你们才搬过来,这碗汤……就算是咱老住户的一点见面礼吧!"

老戈本想推辞,又觉得不合适,就让妻子高雅把汤碗接了过来。

白大嫂用围裙擦擦手,热情地说:"老戈啊,老话说'五百年修得同船渡',咱成了邻居,也算是有缘吧,往后大家都有个照应!"说罢,就转身下楼回自己家去了。

等高雅掩好了门,老戈便问:"这人你熟?"

高雅说:"我不认识啊。"

老戈疑惑地说:"你我都不认识,她咋就这么热情呢?"

高雅立即拉着酸溜溜的调儿说:"这还用问,人家当然是冲着你这个大主任来的呗,你没见,她人没进屋,声音就撞破了墙,'老戈老戈'的喊得多亲热啊!"

老戈皱了皱眉头:"你看你看,又没正经了不是!"

高雅笑了:"不是我没正经,而是你想歪了!人家和咱非亲非故,人生面不熟的,凭啥给你端汤送水?还不是想热你新主任的肠子!这叫先放春风、候你夏雨呢!你等着吧,找你麻烦的日子在后头呢!"

被高雅这么一说,老戈的眉头皱得更紧了:"如今这人呀,也真是世故到顶儿了!"

望着桌上那碗冒着热气的排骨汤,高雅问老戈:"这汤咋办?"

老戈说:"我已经酒足饭饱了,你想喝就喝呗。"

高雅撇撇嘴,不屑地说:"我才懒得喝这不明不白的东西呢!"

老戈说:"要不,就留给儿子下晚自习后当宵夜吃?"

高雅横了老戈一眼:"亏你说得出口,咱们不吃的给儿子吃,你没心没肺啊?"

见老戈没吭声,高雅突然快活地拍手说:"你不说儿子我倒忘了,咱不是还有个小儿子吗?"

"小儿子?"老戈愣了一下,突然回过神来,"你是说咱家的靓仔?"

"可不是嘛!"高雅说着轻轻地拍了一下手:"靓仔,快过来,让妈妈犒犒劳劳你!"

原来靓仔是老戈家养的一条狗,打从白大嫂进门,它就嗅到排骨汤的香味了,一直候在餐桌底下,盼着主人给块骨头啃啃呢,现在听到主人招呼,它别提多高兴了,立刻甩着尾巴从餐桌底下拱出来。高雅连碗也懒得换,将排骨汤端下桌,放到靓仔嘴边。这两天由于搬家忙乱,靓仔真还没能好好吃上一顿,这下可以吃个痛快了!

没料到,没过几天,楼下那位热情的白大嫂又端来一碗冬瓜排骨汤,说是住校的儿子周末回家,自己特地煨的,顺便也给他们家盛了一碗,还问:"上次湖藕排骨汤味道咋样?"

高雅只好点头:"好好,不错,不错。"

白大嫂问得可仔细了:"老戈也尝了吗?"

"老戈?噢,他……他没喝,全是我家那小……小儿子给喝了。"高雅总算是急中生智,没把"小狗"两字带出来。

"这回呀,"白大嫂说,"你可一定要让老戈也尝尝,嫂子我别的能耐不敢说,煨的汤绝对地道!"白大嫂放下汤,乐呵呵地下楼去了。

不用说,这冬瓜排骨汤又让靓仔饱餐了一顿。这以后白大嫂每次送汤来,靓仔总是早早地候在门口,亲昵地直蹭白大嫂的裤腿,显得格外高兴。

白大嫂送来的汤虽然都让靓仔给喝了,但毕竟也是个人情,高雅有时候也想弄点汤呀水呀的回敬回敬人家。可转念一想:俗话说"醉翁之意不在酒",现如今哪有免费的排骨汤呢? 你白大嫂还不是以后想求我们老戈办事啊！她于是打定主意:要送你尽管送吧,不就是一碗汤吗? 反正哪,咱老戈主任的位置在那儿,到时候随便给你点儿光,也能照你满屋子亮,岂止是一碗汤的价?

　　时间一晃过去了两个月,白大嫂除了送汤还是送汤,根本没说别的事儿,也没提什么要求。这倒让老戈两口子琢磨不透了:有什么事你开口嘛,何必老是这么汤来汤去的呢? 当白大嫂又一次送汤上门的时候,老戈憋不住了,说:"白大嫂,我们做邻居也有些日子了,我想你该知道我老戈的为人,有什么事儿要找我解决的话,你就直说,只要是在我权力范围之内的,能帮忙我一定帮忙。"

　　谁知白大嫂听了老戈这番话半天没回过神来,她茫然地问:"什么事? 我家没什么事儿呀,我老公在外面做小生意,我虽说在家,可拿着一份内退工资,孩子读书也挺顺的,真的没什么事儿要麻烦你,真的!"

　　"没事儿? 真没事儿? 那你老往我家送汤干吗呢?"老戈一着急,压在心里多日的那句话竟脱口而出。

　　话一出口,老戈就觉得自己太唐突。好在白大嫂并不介意,咯咯笑着说:"原先我不好意思说,现在是熟人啦,说出来也不怕你笑话。你们家这套房子原来的主人和我们一直相处得很好,他们家两口子喊我'老妹',我称他们'老哥、老姐'。两家弄点什么好吃的,总喜欢端来送去的。就在你们换房的那几天,我和老公外出进货,不知道他们已经搬走了,所以那天送汤的时候,我照旧'老哥、老哥'地喊,没想到你正好姓戈。当时我想,汤已经端进了你家,咋好意思再端回去呢? 再说,远亲不如近邻,他们家走了,你们家来了,这都是缘分,就算不认识,送一碗汤又算啥?"

　　原来是这样! 老戈总算解开了心中的谜团,可他还是有些疑惑："送错一回也就算了,以后为什么还要送呢?"

白大嫂笑道："我听说你们家孩子挺喜欢喝的,所以每次煨汤就给他留了一份。隔壁邻居嘛,也没别的意思,大家图个和睦呗!"

白大嫂这几句话朴实又真挚,老戈夫妻俩好不尴尬,原先那种居高临下、施恩还情的感觉突然一下全没了,心里头变得空落落的,好像丢失了什么似的。

人常说,一床被子不盖两样人。白大嫂一走,高雅立马拉着老戈说："既然人家没事儿找你,那咱也得在人家面前露露脸呀,让人家也瞧瞧咱的能耐!要不然,你这主任的面子往哪儿搁?"

老戈点点头说："这事儿你放心,我已经想好了,到了年底,我以社区送温暖的名义,给她家派个红包,既施了恩,又还了情,一块泥巴堵俩缺口,你看如何?"

高雅一听,捣了老戈一拳,说："看来,你这社区主任没白干!高!"

第二天正逢周末,老戈夫妻俩带着"小儿子"靓仔去逛菜市场。正在兴头上,突然听到吵吵嚷嚷的声音,再一看,一大圈子人围在那里,不知在瞧什么,老戈好奇,立刻挤进人堆里去看热闹,只见几个愣头小子正跟一个中年妇女拉拉扯扯地扭在一起。

哎,那不是白大嫂吗?老戈向旁人一打听,原来是白大嫂发现自己的钱包让一个小子给扒了,可等追上去揪住翻遍他的衣兜,却没有找到自己的钱包。那小子不依了,说白大嫂污辱了他的人格,一声吆喝找来四五个同伴,把白大嫂困在中间,你推过来我踹过去,嘴里骂声不绝。

老戈看不过去,正想上去制止,却不料有人拉了一下他的衣角,回头一瞧,原来是高雅。高雅直朝他瞪眼,压低嗓门咬着他的耳朵说："少管闲事!那几个愣头青是什么人?都是些不要命的主儿,说不定身上还有刀呢!"

　　老戈被高雅这么一提醒,不由打了个寒战,嘴上却还要唱高调:"总不能看着白大嫂受人欺负呀!"

　　高雅说:"要帮她也不能让那几个小子看见。走,咱们到外面去,找个避人眼的地方报警,让110来管这事儿。"

　　老戈觉得老婆的话有道理,便和她一起悄悄退出人群,找了个没人注意的角落拨起了110。

　　打完电话,老戈两口子才发现一直跟随左右的靓仔不见了。正着急,突然听见人圈里传出阵阵狗吠,高雅耳尖,一听就知道是靓仔在叫唤,连忙拉着老戈循声追进人群,却惊呆了。只见靓仔浑身血淋淋的,后腿被人打折了,它正用前腿支撑着身子,像一个勇猛的斗士,蹲守在白大嫂跟前,龇牙咧嘴地朝着那几个不要命的主儿狂吠不已;那些刚才还凶巴巴的小子们,在正气凛然的靓仔面前竟然吓得手足无措,僵持了一会,居然在人们的哄笑声中抱头鼠窜。

　　这天晚上,白大嫂又煨了一罐排骨汤送来,这是专门为小狗靓仔做的。她端着汤正走到老戈家门口时,正好听见老戈夫妻俩在说话:"老戈啊,咱家靓仔总算是没有白吃白大嫂的汤,今天这下好了,替咱把人家的人情给还了。"

　　"可不是嘛,咱们调教出来的狗素质就是不一样!哼,我敢说没有我这个伯乐,就没有这么有良心的靓仔!"

　　什么?白大嫂端汤的手一颤,碗里的排骨汤顷刻间洒了一地……

(魏柏林)

(题图:刘斌昆)

妹子是个爽快人

　　有个小伙子叫仇远铭，这天回家看妈，走在大街上看见路边有个卖水果的，摊主是个模样挺俊的姑娘，身边的平板车上，一溜摆着十几个黄澄澄的黄金瓜，这是他妈最爱吃的，于是就问："多少钱一斤？"姑娘说："大哥，这瓜特甜，而且不贵，才两块钱一斤。称几个？"仇远铭笑了："瓜甜哪有你的嘴甜！好，来四个吧。""好嘞，"姑娘答应一声，就给称了四个，"八斤一两多，算八斤吧！"仇远铭摇摇头："才这么大点瓜就要两斤一个，你蒙谁呀？"

　　一个大盖帽正巧走过，问："怎么回事？"仇远铭如此这般一说，大盖帽就朝姑娘吼道："你没执照，还卖黑秤？"不由分说，连姑娘带车把她给带走了。

仇远铭没想事情收拾得这么利索，到家后他正要和妈唠这事儿，只听院里"咣当"一声，他问："怎么啦?"妈说："西屋一直闲着没用，我给租出去了。这房客怎么今天回来得这么早? 我看看去。"

妈去了好一阵，奇怪的是一直没回屋，仇远铭过去一看，不得了，院子里用砖头垒的那个三米多高的小屋顶上，有个姑娘正在收晾晒的棉被，"噌"的一下抱着被子就从上面跳下来，仇远铭一看，巧了，就是刚才在街上卖瓜的那个姑娘。

妈说的新房客就是她?

姑娘一见仇远铭，"哇——"的一声哭开了。仇妈妈挺纳闷："你们……"仇远铭于是便把刚才买瓜的事儿说了一遍，妈想了半天，对仇远铭说："姑娘刚才说大盖帽罚了她两百元，她没那么多钱，车和身份证就被扣下了。要不，你先……"仇远铭赶紧接着妈的话说："那我先去帮她把钱垫上，替她把身份证和车要回来。"说罢就走了。

姑娘抹着眼泪对仇妈妈说："我要知道他是您儿子，怎么也不能那样啊!"妈笑了："姑娘，跟谁也不能那样，以后记住啦?"姑娘不好意思地低下了头。

不多会儿，仇远铭回来了，把身份证还给姑娘时说："这回你不记恨我了吧?"从身份证上，仇远铭知道姑娘的名字叫胡春春。胡春春难为情地说："是我不对，我哪还敢记恨你?"妈在一旁提醒道："先别恨不恨的了，这么卖水果也不是长久的事。远铭，你是不是帮她找个工作?"

仇远铭知道妈是个热心肠，就点头说："我试试看吧!"说罢，他关切地提醒胡春春说："你什么地方不能晒被子，非要弄到那么高的棚顶上去，摔坏了怎么办?"谁知胡春春得意地笑道："怕什么，读书的时候老师就夸我弹跳力特别好。我是故意把被子放那儿晒的,跳上跳下多有意思! 奥林匹克要有这个项目,我非拿奖牌不可。"说完,还朝仇远铭扮了个鬼脸。

过了没几天,仇远铭果真就给胡春春找到个工作,是在一家茶楼当服务员。这活儿挺适合姑娘的,就是时间不太好,每天下午上班,半夜才能下班。虽说茶楼离家不远,可仇妈妈说夜里容易出事,既然姑娘住在她家,得对人家负责,于是就让仇远铭每天去接姑娘回来。

这样一来,仇远铭和胡春春的关系就近乎了,每天回来的路上,仇远铭给胡春春讲自己以往的见闻,胡春春也给他讲茶楼里听来的故事。胡春春发现仇远铭母子俩是打着灯笼也难找的好人,庆幸老天给了自己好运。

可是有一天,胡春春开心不起来了,因为那天仇远铭带了一个和他年龄差不多的姑娘回来。他给胡春春介绍说:"这是我的同事蓝月明。"又给蓝月明介绍说:"这是我家的房客胡春春。"胡春春一听,差点儿哭出来,其实她早已经悄悄喜欢上了仇远铭,可在仇远铭的眼里,她不过是个房客啊! 蓝月明很热情地和胡春春说话,胡春春只好强打笑脸把泪水往肚里咽。仇妈妈留蓝月明吃饭,让胡春春一起来,胡春春推说茶楼有事得早去,知趣地走开了。

这天晚上,仇远铭去接胡春春回家,一路上胡春春的话特别少,对仇远铭爱理不理的样子。仇远铭觉得奇怪:"怎么啦,有人欺负你了?"胡春春撅着嘴巴说:"咱一个房客,还有什么欺负不欺负的?"仇远铭一听,朗声大笑起来:"你啊你,你还真是个小姑娘!"笑完了,还跟没事儿似的照样给她说笑话讲见闻。

胡春春不禁为自己的失态懊悔起来:我这是干啥呢? 我还真以为自己是谁啊,我不就是个房客嘛! 能碰上这样的好人,我应该知足啦! 胡春春是个爽快人,这么一想也就释然了,渐渐地话又多了起来,而且还对仇远铭叫开了"哥",一口一个"哥",挺亲的。

分手的时候，仇远铭对胡春春说："我老听你说茶楼的事，可也一直没去过，明天我想带一个朋友去见识见识，怎么样?"胡春春说："太好啦，明天我一定好好招待你们。"仇远铭摇摇头："我可不想为难你，咱现在说好了，明天你得把我当不认识的普通客人对待，否则对我来说就是违反纪律了。""行! 可是，哥……"胡春春奇怪地问，"你是做大官的吗? 为什么带朋友喝杯茶也有什么纪律不纪律的?"仇远铭愣了一下，说："我……我给一家很大的单位看大门。"胡春春笑了，说："哥，你别蒙我了，还不好意思说!"

第二天，仇远铭果真去了茶楼。一进门，胡春春当真就装作不认识的样子，迎上去问："先生，您好。您几位?""两位。"仇远铭很平静地回答。可是胡春春朝他身后望去，差点儿就拉下脸来，原来他身后跟着的竟是蓝月明。胡春春真不想看到这个女人，可是上门就是客呀，再说现在是上班时候，她只好笑脸相迎。

仇远铭领着蓝月明径直往一张靠窗的桌子走去，胡春春指指那桌上的小牌，对他们说："对不起，这儿已经预定了。""那我们就坐这儿好了。"仇远铭就招呼蓝月明在对面桌边坐了下来，随后点了两杯茶，又点了好多果品，慢慢地喝着聊着，显得挺舒心的样子。

胡春春在一边冷眼看着，心里那个气呀! 这时候又来客人了，胡春春只好过去招呼。

胡春春招呼的这个客其实平时常来茶楼，是个秃子，还带着个年轻漂亮的妞，靠窗口的那张桌子就是他们预定的。胡春春曾经在回家路上给仇远铭讲过不少关于这个秃子的笑话，所以今天秃子一进来，就引得仇远铭多看了他几眼。

奇怪的是，平时话挺多的秃子今天却不怎么开口，只是默默地坐在那儿喝茶嗑瓜子儿。

　　不一会儿，茶楼里又来了个瘦子，径直走到秃子这张桌子边坐了下来，秃子朝那瘦子点点头，叫胡春春再添一份茶具，那瘦子也不多言语，只管闷头喝茶。秃子把一盒烟推到瘦子面前："抽吧!"瘦子不好意思，从身上摸出一盒烟，推到秃子面前："还是抽我的吧!"

　　想不到蓝月明也会抽烟，这时候突然招呼胡春春说："小姐，来包烟，三五的。"胡春春特生气，心说："你这是狠劲儿在宰我哥啊!"但客人开口了，你就得做，胡春春只好把烟给她送过来。蓝月明拿出自己的打火机，"喀吧喀吧"打了几下都没打着，她朝胡春春一瞥眼："你怎么这么没眼色? 给我拿个打火机啊!"胡春春只好照办。蓝月明点着了烟，昂着脑袋吐开了烟圈儿，胡春春借着擦桌子的机会使劲儿瞪她："我哥真是瞎了眼睛，怎么就找了你这么个女人?"

　　烟雾一大，秃子身边的漂亮妞儿好像受不了的样子，站起来就走，秃子和瘦子相互点点头，收起放在自己面前的烟盒，也准备开步。

　　这时候，仇远铭给胡春春使了个眼色，示意她赶快离开。胡春春想：干啥，你这是嫌我碍眼了? 哼，我非不走! 她抖开手上的抹布，不停地擦着桌子，仇远铭又给她使眼色，她装作没看见。

　　仇远铭没办法，只好咬咬牙，用右手的中指在桌面上使劲儿敲三下，只见蓝月明"呼"地扔下手里的香烟，掏出一副锃亮的手铐，直奔瘦子而去，把瘦子的一只手铐在桌子腿上。几乎是与此同时，仇远铭猛地把胡春春推到一边，也掏出手铐直奔秃子而去，可是就因为多了一个推胡春春的动作，仇远铭就没有蓝月明利索了。

　　秃子在这一刹那立刻明白是怎么回事，一下跳到身后的窗台上，掏出一把手枪来，对准胡春春和仇远铭说："你们过来试试?"

他这么一登高，还真把仇远铭给难住了，心里直埋怨胡春春：要不是你，会有这麻烦吗？

可是谁也没有料到，这时候意想不到的事情发生了！只见胡春春突然一个"旱地拔葱"猛地跃起，闪电一般跳到窗台上，而且两只手已经紧紧抓住了秃子的手腕。秃子猝不及防，立马失去重心往后倒去，胡春春跟着一起摔了下去。

仇远铭的心揪紧了：茶楼虽说不高，可也经不起这么摔啊！他一个箭步冲过去，趴在窗台上往下一看，胡春春和秃子都昏倒在地上，不过还好，秃子在下面，胡春春倒在他的身上。

仇远铭和蓝月明立刻冲下楼，仇远铭俯身抱起胡春春，急切地叫着："妹子，妹子，你没事吧？"胡春春慢慢睁开了眼睛，看着仇远铭说："哥，我……我没误你的事吧？你看，我跳得多高……"仇远铭流着眼泪说："妹子，你真了不起，今天多亏了你呢！""哥……"胡春春嘴角露出了一丝微笑。

这时救护车来了，医务人员赶紧把胡春春抬上车，秃子当然也不能不管，不过这里就不细说了。至于秃子和瘦子在茶楼搞的是毒品交易，蓝月明的打火机其实是相机，她和仇远铭是在拿到了证据之后才下手擒贼之类的事情，后来胡春春也都知道得一清二楚了。

还好，胡春春只是脚踝有外伤，没有弄折骨头，医生说休息几天就可以出院。

仇远铭和蓝月明特地带了一个很大的花篮去看胡春春，三个人还没说上几句话，蓝月明就对仇远铭说："你先出去，我们姐俩说说话。"

仇远铭刚跨出门，蓝月明就说："妹子，我看出来了，你很爱你的那个哥，是吗？"胡春春毫不犹豫地点点头。蓝月明笑了："妹子真是个爽快人。我也不瞒你，我也有那么点儿喜欢他，不过现在他还没有表态，所以咱们可以来个公平竞争，怎么样？看看谁有本事把他抢到手。""好……"胡春春高兴地伸出小手指，和蓝月明使劲儿拉钩。

这时，仇远铭在外面急着喊道："你们的悄悄话说完了没有啊?"蓝月明和胡春春对望了一眼，开心地笑了起来。

从医院出来，蓝月明把她和胡春春的话说给仇远铭听，仇远铭眼一瞪："你们把我当足球还是篮球了?"

可是第二天，医院就给仇远铭来电话，说胡春春没办手续就出院了。仇远铭和蓝月明赶到医院一看，病房里，胡春春留下一封信，是写给蓝月明的。信上说："姐：我忽然发现自己真是太可笑了，我在哥的心里其实就是个小妹妹啊，你才是他的最佳选择。我走了，我要回家乡去好好读书，然后考警校，和你们一样去看守那个特别大的大门。你们结婚的日子如果定下来，一定要告诉我，我会带着发自内心的微笑去祝福你们。永远爱你们的小妹妹。"

蓝月明把信递给仇远铭，小伙子看着看着，眼圈竟红了……

（崔　陟）

（**题图**：王申生）

邻 里 互 让

没有比人们之间的善良关系更重要和更美好的东西了。无论是与人为邻,还是与家人或同事相处,都是如此。

麦草事件

　　唐县农村有位老农叫徐大汉,他有三个牛高马大的儿子,种了二十几亩薄地。全村人都知道,徐大汉有个怪脾气,平时他手头再紧,也不肯让儿子们出外挣点零花钱。

　　这年农闲时节,徐家的一头大黄牛突然挣断缆绳,跑进了邻居冯三喜家的麦场,对着麦草垛又抵又蹭,那麦垛禁不住大黄牛的一阵折腾,很快便悠悠晃动起来,还没等徐家赶到,就"轰隆"一声连根翻倒,卷起一片烟尘……

　　徐家当时就傻了眼,这下有麻烦了!

　　原来,徐家的邻居冯三喜是个怪人,他家虽然也养着牛,种着地,心却不在地里,常年把农活交给老婆郑姐儿执掌,自己出门做生意。他还常对徐大汉说:"你把三个儿子关在家里有什么出息，放他们出去闯闯吧。"徐大汉每听到这种话，心里就十分别扭。就为这，两家的关系总有些疙疙瘩瘩。

为了少些纠纷，徐大汉立刻来到冯家，对冯三喜的老婆说："郑姐儿，我家的牛把你家的麦草垛抵倒了，很不好意思。再替你家垛起来，麦草已经晒干了，要花很大工夫，倒不如把草铡了，我家愿意出劳力。要是你怕草没地方放，我家还有两间空房，回头打扫打扫，你看行么？"

郑姐儿听了，立刻笑眯了眼睛。她家缺少劳力，每次铡草都要请帮工，如今徐家找上门来帮忙，这不是打着灯笼也难找的好事儿吗？她连忙说："徐大叔，亏你想得周全，尽修善事！我这就去打酒买菜，好好招待几位兄弟！"

见郑姐儿要去提篮子，徐大汉赶紧用手挡住："别，邻里之间，互相帮忙也是应该的，只是……"

郑姐儿看出他有心事，忙问："大叔，还有啥事，你只管说！"

"我怕……"徐大汉试探道，"三喜回来，他……"

郑姐儿"扑哧"笑了："我说大叔，三喜又不是糊涂人，你做了好事，他感谢还来不及，哪会再恩将仇报呢！"

徐大汉这才放了心，回到家，就把三个儿子唤出，嘱咐一番，然后把铡刀磨好，背到麦场上，摆开铡草的阵势。忙了整整三天，他们才把一垛麦草铡完，装进草屋去，徐大汉又取出一把锁，把草屋锁了，钥匙交给了郑姐儿。

就在这天晚上，冯三喜回来了，知道了这件事后竟久久不语，半天才锁起眉头说了一句："这不是欺咱冯家没人吗？"

郑姐儿吃了一惊，气呼呼地说："你咋能说出这种话？徐家为帮咱家铡草，花了那么大的力气，我们该好好表示一下才是哩！"

冯三喜冷笑着问："表示？表示什么？"他话锋一转，拍拍妻子的肩膀，轻声说："明天一早，你把咱家的牛牵回娘家去，对外就说牛已经卖了……"

郑姐儿惊得几乎蹦起来,她生气地说:"你、你这不是昧着良心害人嘛。"

冯三喜把眼瞪起来,吼道:"良心? 良心能够当吃当喝? 叫你牵,你就牵,再要多嘴,当心我揍你!"

郑姐儿平时就怕丈夫,现在见丈夫发起火来,只好照办了。

第二天一早,冯三喜等老婆把牛牵走后,就一路哼着小曲朝徐家走去。徐大汉知道冯三喜心眼多,所以一见面,忙赔不是。冯三喜"嘻嘻"笑着说:"大叔说这种话就见外了! 你们的好心我没说的,只是,你们不该帮倒忙——我这垛草原是答应卖给人家的。牛不懂人事,抵倒就算了,可你这一铡,长草变成了碎草,叫我怎么向买主交待呢?"

徐大汉冒出一身冷汗,忙分辩说:"这事……你家郑姐儿同意过的,她……"

冯三喜一笑,打断他的话:"我办事啥时候跟女人商量过呀?"

"可是……你家终归要用草喂牛的呀!"徐大汉还在找理由。

"喂牛? 哈……"冯三喜笑得更响亮,"大叔,我做生意需要本钱,已经把牛卖掉了,不信,你可以到我家去看!"

徐大汉脸色变了! 他今天一早拾粪,透过晨雾,隐隐看见一位妇人牵着一头牛向村外走去,那位妇人,很像郑姐儿……看来,我徐家上当受骗了! 这么一想,他横下心来,一咬牙对冯三喜说:"好吧,都怪我家多事,自找倒霉! 只是这草已铡短,不能再接起来,现在就把我家草垛扒开,赔你长草,这总可以了吧?"

冯三喜好像已经预料到徐大汉会说这句话,也不发火,慢慢说道:"大叔,谁不知道你家麦草是淋过雨的,能和我家的草比吗? 三千来斤,你拿鲜亮的麦草还我。铡短的草就在你家草屋里,你留下自个用吧。"说罢,把钥匙"啪"地一声放在桌子上,又哼着小曲儿走了。

冯三喜走后，徐大汉对着自己"啪啪"甩了两记耳光。几个儿子从外边进来，见父亲气成这样子，都很冒火。挥着拳头就要去找冯三喜算账，但徐大汉还是竭力把儿子们给劝住了，他长叹一口气，说："唉……邻里相处一场，不容易，哪能动不动就拳头上见？这草，咱们还他，只当掏钱买个教训！"

说说容易，但是真的还草，又谈何容易！徐家虽然劳力很棒，但这里是穷山区，每年的收入勉强糊口，哪能一下子凑够三千斤的草钱？徐大汉一筹莫展。

这时，冯三喜又笑嘻嘻地找上门来，说："大叔，我知道你手头缺钱，这样吧，我正打算雇几个脚夫到驻马店贩点东西，是不是请大叔家三个兄弟跟我出去走一趟，草钱就算扯平了？"

徐大汉听了直摇头，说："这哪行，我们家的人是从来不外出的！"

冯三喜脸有些变色，不阴不阳地说："可你欠了人家的钱，在家里就能睡得着觉？"

徐大汉被问住了，他仔细盘算了一下，驻马店离这里三百里，往返路程加在一起也就是十来天时间，去一趟不但可得三千斤草钱，还能卸下欠债这个包袱。想到这里，他不放心地问："你说的是真话？"冯三喜见有门，赶紧说："我啥时骗过你呀？不信，咱们写个契约！"徐大汉怕再上当，就说："写个契约好，省得以后犯争执。"

冯三喜这趟生意做得很顺利，十来天后就从驻马店返回，赚了大钱。他一到家，就风尘仆仆地掂着一个钱袋来到徐家，当着徐大汉和他三个儿子的面，把契约取出，"嚓啦"一声撕得粉碎。徐大汉一见，脸色顿时变了。他再也忍耐不住，抓住冯三喜的领子愤愤地说："我念咱们是多年邻居，一而再、再而三地让你，你却得寸进尺，尽给我们要花招，你到底要干什么？你说！"徐家三兄弟也都围拢上来,拳头握得"嘣嘣"响。

可冯三喜却不慌不忙地把徐大汉的手推开了,哈哈一笑,说:"大叔,难道你真的相信那个契约吗? 我不过是想给你们开个玩笑!"

"玩笑?"徐大汉依然火气蛮大,"你把我们父子耍得够了,还说玩笑? 再耍下去,我们一家只好喝西北风了!"

"哪里!"冯三喜还是笑盈盈地说,"我常在外,少在家,家里有了难处,都让你们父子帮助解决了,我真的从心底里感谢你们。我看你家硬生生几个劳动力,只把眼睛盯在种地上,遇上农闲,宁愿躺在树阴底下看蚂蚁上树,也不愿出外挣几个零花钱。我劝说过你们几回,你们总说做生意不是种田人干的事,一口回绝。无奈,才生出这个主意. 拉几位兄弟跟我一起出外跑趟生意。"说着,他把钱袋放在徐大汉面前,"这是三位兄弟这次出门挣的钱,你数数,看是否胜过你们在家种半年的庄稼……"

徐大汉不由傻眼了! 他愣怔半天才结结巴巴地说:"三喜,这……这么说,你……你家的麦草……"冯三喜赶忙接过来说:"麦草,你们不是替我铡碎了吗? 把钥匙还给我。明天,我家的牛就要牵回来喂养了!"

徐家父子这才恍然大悟:唔——我们家真是交上好邻居了!

(张果夫)

(题图:魏忠善)

公用部位

乐陶陶最近有一件大喜事儿,单位分给了他一套新居室。可搬进去没几天,他的眉头就皱了起来。原来这房子的卫生间是两户人家合用的,他和邻居王大武同走一个楼道门,卫生间就安在楼道口。

这合用的事情,问题就是多。

那天,乐陶陶正坐在马桶上有滋有味地看报,突然头顶来了个透心凉,紧接着又是一下,他抬头一看——还没看清呢,一滴凉凉的东西正好落进了他眼睛里!乐陶陶"噌"地跳起来,提起裤子就跑了出来,一头正撞上自己老婆,他口里一迭声道:"不好!有情况!"两人小心翼翼地进去仔细查看,才发现卫生间顶上的管道"滴滴答答"地正往下漏水呢。

这水的成分很复杂，乐陶陶进水的那只眼，先是发红，后是肿胀，继而影响到了另一只眼，没几天工夫，两道眼皮肿成了核桃，走路得用火柴棍把眼皮支起来。

乐陶陶吃了不少苦头，总算把眼睛给治好了。可那边管道漏得更厉害了，淅淅沥沥跟下小雨似的。

乐陶陶想想不行，就去找邻居王大武，商量修厕所的事儿。王大武是个大龄青年，急着找对象呢，所以不常在家，这天乐陶陶好容易才堵住了王大武。他把来意一说，王大武笑眯眯地答道："应该，应该，你看怎么办？一切听你的。"

乐陶陶想了想，说："我去问过物业公司了，彻底修好要100块，咱们一家50，怎么样？"

王大武依旧笑眯眯地说："好说，好说。"边说边就伸手去摸口袋。可他摸来摸去却什么也没摸出来，最后"嘿嘿"笑了一声，道："今天我身上正好没钱，要不，你们先垫上，过几天我再还你。我就一个人，不常在家，能凑合，你们多费心！"说完，转身就出去了。

乐陶陶回到家，越想越气：哼！什么正好没钱，分明是不想出嘛！好，你能凑合，我也能。咱们看谁耗过谁！

乐陶陶从家里翻出把大号雨伞，一双高筒雨鞋，做好了长期作战的准备；王大武呢，也能对付，找了件破雨衣，进门前还在脑袋上围一条白手巾，乍一看就跟电影里的汉奸一个样。

他们就这样在"雨"中熬过一天又一天，谁也不再提修管道的事。时间一长，王大武有些着急了。原来这些天他新交了个女朋友，感情还不错，可姑娘的妈特迷信，找人算了一卦，硬说王大武是水命，姑娘是火命，两人是水火不相容，要女儿跟王大武分手。现在王大武就怕姑娘上门来，看见卫生间里那些水，还不应了算卦人的话？于是他就去找乐陶陶了。可这回轮到乐陶陶不冷不热地说："我们也习惯了，最近又忙。你要急呀，就自己找人修修得了。"

王大武被这个软钉子碰得两眼冒金星，一声不吭地回了屋。

过了几天，王大武突然扛着两个大提包来向乐陶陶道别，说是单位给了个重要任务，让他去一趟美国。

乐陶陶好羡慕，问他要去多长时间。王大武说短则两年，要是情况好的话，不回来了也说不定。

送走王大武，乐陶陶心中一阵高兴，两户人家现在成了独门独院，这卫生间问题可以解决了。

要干就大干，乐陶陶请来了施工队，没几天工夫，卫生间果然焕然一新，不但水一滴不漏了，还在地上铺了地砖，墙上贴了瓷砖，浴室三件套全部更新，按三星级宾馆标准装潢。原先上厕所用的雨伞、雨鞋都进了垃圾桶。

两口子享受了没几天，正美着呢，突然外边有人敲门。乐陶陶开门一看，天啊，只见王大武扛着两个大包乐呵呵地回来了！乐陶陶舌头都不利落了："你、你怎么回来了？"王大武叹口气，说在北京培训了几天，美国方面来电说这项活动取消了，所以就回来了。

乐陶陶的脸都气绿了！他也顾不上客气了，开门见山地说："你回来了也好，这卫生间我装修了一下，一共花了2000多，你就出1000吧。"王大武回身看看卫生间，点点头，说："很好，很好，不过最近我准备结婚，手头比较紧，你事先又没和我商量，让我再考虑考虑吧。"说完，就回了屋，把门"砰"地关上，偷着乐去了。

乐陶陶两口子明白自己上当了，他们怎么也咽不下这口气，合计了大半夜，终于想出个"绝"的办法来。

这个卫生间改造的时候，安了个大号的塑料水箱，是用螺栓穿墙固定的，螺帽就上在乐陶陶家的厨房里。两口子准备等王大武上厕所的时候，卸掉螺帽，把螺栓一推……就等着看好戏吧！

到了星期天，乐陶陶两口子早早地就到厨房把螺帽卸了。中午时分，楼道门打开了，又过了一会儿，听到了脚步声，还有王大武的咳嗽声，随即卫生间的门"咯吱"一声响。

乐陶陶夫妇俩估计时间差不多了，连忙把螺栓一推——就听那边好像惊涛拍岸一样"哗啦啦"一声响，接着还有一阵慌乱的响动。成功了！乐陶陶两口子高兴得差点儿拥抱在一起！

工夫不大，就有人来猛敲厨房的门，他们知道是王大武找上门来了，马上装得若无其事的样子把门打开。

只见王大武两眼瞪得像灯泡一样："你……你们干的好事！"

乐陶陶纳闷了：怎么王大武身上干干的，连一滴水珠都没有？正寻思着呢，只见王大武身后闪出一个水鸡一样的姑娘，一边打着喷嚏，一边往外走。

王大武急忙追上去："不……我不是水命，是他们……"可姑娘头也不回地冲了出去。

王大武扭头红着眼朝乐陶陶两口子喊道："我女朋友刚进门就给你们浇走了，我跟你们没完！"

（徐　洋）

（题图：黄全昌）

乡邻乡亲

　　李老师与二山是门对门的邻居,两家的责任田也田埂挨着田埂。

　　李老师是书香人家子弟,祖上个个是教书先生,他自己平日里又懂规矩又讲礼貌。然而他的为人处事态度却丝毫没有影响到抬头不见低头见的二山,二山是个炮筒子,脾气暴躁得很,碰上不顺心的事,说不了三句话就瞪眼睛,很容易感情用事。

　　这一年,到了种白菜的时候,李老师与二山都忙着在自家地里栽白菜秧子。菜是准备冬天自家吃的,虽然种得不多,可那天又挖坑又挑水的,也忙活了大半天。望着一片刚栽下的绿绿的白菜秧,李老师与二山擦着满头满脸的汗水,总算轻松地吁了口气。

　　可谁知第二天一大早,当二山到田里给新栽的菜秧浇水时,他一下子愣住了：哪里还有白菜秧的影子？光秃秃的田里满是深陷的猪蹄印。

二山心里的火一下子就蹿了上来，张嘴就骂："这是谁家祖宗？不好好养着，放出来糟踏爷爷的菜地……"

二山转身就往回走，一路大骂，一直骂到家里。

正准备到学校去上课的李老师闻声过来，忙问是怎么回事，二山愤愤不平地冲着他说："你倒没事儿似的，告诉你，你家的白菜秧让猪给啃了个精光！"

李老师一听眉头就皱了起来："唉，昨儿个算是白忙了。"他一边摇头叹气，一边就急着要去学校。

"等等，等等！"二山一把拉住他，"李老师，你是文化人，你给想个好主意，咱们出出这口怨气。要不，咱弄点麦子，用农药浸了，夜里撒到地头去，谁家祖宗再来，甭想活着回去！"

李老师一听就急了："不行，不行，你少出这种歪主意。几棵菜秧值几个钱？一头猪又值多少？再说了，猪不通人性，说不定主人还不知道它偷嘴吃了呢！大家都是乡邻乡亲的，以后见了面不好说话。"

"你这个人咋就受得了这怨气？"二山对李老师的话不以为然，瞪着眼睛说，"这也怕那也怕的，我啥都不怕。你不敢，我一个人干！"

李老师正要反驳，二山老婆在一旁插话说："二山就这性子，一会儿火气消了，让他下毒他都不忍心哩！李老师，你还不知道二山？"

李老师想想也是，再看表，眼看着就要上课了，于是就匆匆去了学校。放学回来，他才听说，原来他和二山家田里的菜秧，都是村头刘寡妇刘二嫂家的猪啃吃的。不过，这事也是事出有因。昨天刘二嫂娘家捎话来，说是她娘突然得了急病，让她赶紧过去瞧瞧，刘二嫂一时走得急，忘了给猪槽里添料，结果昨儿晚上,饿慌了的猪便自个儿挣出来,满地里吃了起来。刘二嫂今天才回来,到家方知自己惹下了大祸,正急得不行哩!

傍黑时分,刘二嫂战战兢兢地来向李老师、二山两家赔礼道歉,还说非要再给他们补上白菜秧不可。

李老师本来就估计事出有因,现在听刘二嫂把前后经过一说,哪里还会计较,反而好言相慰,坚决不让刘二嫂补,乡邻乡亲的,再那么做可就见外了。二山心疼那些菜秧,原本心里不乐意,可碍于李老师这么说了,当场不好发作。

刘二嫂千恩万谢地走了,李老师也以为事情算是解决了,岂料两天以后,村里传出刘二嫂家死鸡死鸭的事儿,李老师隐隐约约感觉出事儿有点不妙:莫不是二山报复?

到第三天,事儿严重了,刘二嫂家那头的猪被毒死了。

一头种猪半个家呀!李老师心里真不是滋味:这个二山,明里充人,暗里做鬼,得好好说说他,怎么能干这种糊涂事?

李老师正思忖着,正巧,二山到他家来借铁锹,李老师朝他眨眨眼睛,说:"你可真是头笨牛!"

"什么意思?"二山不解地问。

李老师开门见山地说:"你把刘二嫂害惨了,害人家死鸡死鸭不够,居然把种猪也给毒死!我问你,人家刘二嫂找上门来没有?"

二山见瞒不过李老师,只得承认是自己下的手。不过他还有些得意地说:"她没敢来找我。"

"这就对了,这在兵法上叫'欲擒故纵'。你现在闹吧,你村西地头那六亩玉米不是快要熟了吗?等你闹够了,我看你那点儿玉米怕也要保不住了。"

"什么?"二山一听,脸一下子变得灰白。

李老师拍拍他的肩,说:"中国有句老话:好有好报,恶有恶报;不是不报,时候没到;时候一到,立刻就报。活着,多做点积德的事,赶快收手吧!"

"对,对,对!"二山忙不迭地点着头。

就从那天开始,村里太平了,二山果然收了手。并且,他和老婆两个天天起早贪黑,轮流在那六亩玉米地里守着,怕别人来掰一个子儿。风吹日晒雨淋,那滋味真是难熬。

后来,眼看着到了收摘时候,一个大清早,二山的宝贝儿子得了阑尾炎,住院开刀,夫妻俩在医院里陪了一个星期,等从医院回来,再赶到玉米地头一看,两个人顿时着了慌:原来饱饱满满的玉米棒不见了,六亩地的玉米棒呵,一个没落下!

二山老婆哭嚷着就骂开了:"哪个杂种干的好事……"

"你少狼叫!"二山此刻的脑子反倒十分冷静,他一把捂住老婆的嘴,说,"明年的地你不想种啦? 你别看那寡妇一个人,村里人缘比你好多了,惹了大家伙儿,咱明年麦子也别想往家里收!"

二山老婆一听,吓得不敢出声了,眼泪"扑簌簌"直往下掉。

"唉,自己栽下的苦果,自己吃吧!"二山虽说没掉泪,一张脸却比哭还难看。

两个人憋了一肚子的窝囊气回到家里,二山还是弄不明白,六亩地的棒子,单凭刘二嫂一人能鼓捣完? 莫非还有人在后面帮忙?

这时,李老师进来了,一见面就问:"咋啦? 棒子让人偷了?"

二山夫妇都默不作声。

"我早就说过了,没错吧?"顿了顿,李老师压低了声音,"我给你们想个主意,出出这口怨气,去弄点麦子,用农药浸了,夜里偷偷撒到他们地头去。"

"你……"二山夫妇顿时傻了眼,不认识似的盯着站在他们面前的李老师,足足有半分钟,"你……李老师,你这不是损我们么?"

两口子于是抱头痛哭,一个说:"我不该下毒。"另一个说:

"怨我逼你做的傻事。"一个说:"不能全怪你。"另一个说:"不怪我怪谁!"两个人一边哭,一边悔,把李老师丢在了一边。

等他们哭够了,抬起头来,这才发现不知什么时候,屋子里挤满了人,除了李老师,还有他的学生,哟,刘二嫂也来了。

"二山!"李老师拉着二山的手说,"刚才是和你说着玩儿的,别着急,那地里的玉米棒子,是刘二嫂带着这些同学帮你收下的,还拉了四十里路的车,替你到集上卖了好价钱。二山,看人家刘二嫂,人心比人心,这情,得珍惜哪!"李老师一边说,一边就把那玉米棒卖得的钱塞进二山手里。

"这……"二山和老婆的眼睛都不由自主地瞪大了,刚才好不容易止住的泪水又流了下来。

(王瑞霞)

(题图:刘斌昆)

邻居的秤

　　香坳村远离集市,村里百十户人家要买点东西很不方便。陈老黑是个精明人,于是就在村东头开了一个小店,卖一些烟酒糖果之类的小商品。他为了多赚钱,就经常缺斤短两,好在村民们都憨厚,也没人在意陈老黑卖出的东西分量不足。

　　腊月中旬,陈老黑的邻居喜运老汉的大儿子要结婚,喜运老汉便到陈老黑的店里来买东西。

　　交谈中,喜运老汉说:"今晚我打算将家里的那头大肥猪宰了,但我算了一下,除去为儿子办喜酒和过年吃的,我那头猪的肉可能还要多出 30 来斤,你如果要呢,我可以按每斤 5 块钱的价格卖给你。"

　　陈老黑觉得合算,就一口应承下来,为了怕对方变卦,他当场就把那30斤肉的钱给了喜运老汉。

第二天一大早,喜运老汉就将猪肉送过来了。

陈老黑接过猪肉一掂量,心里不由"咯噔"一下。这几年开店买进卖出,他的手已经练得像一杆秤,掂一掂东西,分量就出来了,他明显感觉到,这猪肉没有30斤。

碍着面子,陈老黑没有当场称肉,可等喜运老汉一走,他就迫不及待地拿出家中的秤来。

这一称,他惊得目瞪口呆,说是30斤的猪肉,结果只有24斤,整整少了6斤。

陈老黑气坏了,这喜运老汉也太黑心了,哪有这样扣秤的?他提上猪肉就要去找喜运老汉理论,但才走到门口,他又犹豫了:几十年的老邻居,乡里乡亲的,终日抬头不见低头见,若真红了脸,日后怎么相处?再说喜运老汉平日里是个老好人,怎么着也不像有意做出这样的事来。

于是,陈老黑决定先将喜运老汉家里的秤借过来检查一下,看问题是出在秤上还是出在其他地方,如果是出在秤上,他再告诉喜运老汉他的秤有问题,这样不就可以要回那6斤肉了吗?

陈老黑来到隔壁喜运老汉家里,向喜运老汉借秤,谁知喜运老汉说:"我家哪里有秤呀?"

一听这话,陈老黑懵了,好半天才说:"你家怎么会没有秤呢?你刚刚送过去的猪肉,难道没用秤称过?"

喜运老汉笑起来,说:"称是称过,但不是用秤。"

陈老黑听得更加糊涂了,不用秤,还能用什么东西称?

这时,喜运老汉那正在读初中的小儿子背着书包从外面进来了,他得意地拿出一根木棍,递到陈老黑的面前,说:"我是用这个称的。昨天晚上我们宰完猪已经半夜了,我参叫我到你家借秤,但我到你门口一看,灯都熄了,我不好意思叫醒你。我们物理课上刚刚学了天平呢,所以我用这根木棍做了个简易天平,你看,我在这中间系上绳子,我爹昨天不是在你店里买了10斤白糖吗,我把那10斤白糖吊在木棍的这一端,另一端呢,我吊上猪肉,只要这棍子平衡了,两边的重量就是一样。所以我只称了三次,就称出了你要的30斤肉。老黑大叔,我这方法可准呢,不信你回去称称,保证你那30斤猪肉一两不少。"

陈老黑愣住了,好半天才"嘿嘿"地干笑两声,说:"是一两不少,挺准,挺准。"他再也没提那6斤肉的事,低着头回到了自己店里。

从此以后,陈老黑店里卖出的东西,再没有缺斤少两过。

其实人就是一杆秤,你怎样对待别人,别人也就会怎样对待你。

(方冠晴)

(**题图**:箭　中)

为争一口气

　　刘全和马义是邻居,但关系不太好,为长在两家地界上的那棵老杨树,他们已经吵了二三十年了。大家都劝他们:"不就一棵树吗? 又不值什么钱,犯得着伤和气吗?"可刘全、马义不这么看。他们都说,这绝对不是一棵树的问题,事关名声,现在谁都不能让;让了,以前的所作所为不就成了无赖之举吗?

　　这天,刘全带着锯子来锯树,马义不同意,双方吵着吵着就动起手来。结果马义吃了亏,身上挂了彩不说,树还被刘全锯倒扛走了,马义气得饭都吃不下。老伴好言劝他,说那棵老杨树都给虫蛀了,做什么都不中,顶多只能当柴烧,靠这发不了财。可马义哪里听得进去,发誓一定要报复,让短命的刘全吃个哑巴亏。

晚上,马义在床上翻了一夜,也没想出一个报复刘全的好办法。睡不着,起来得真早,可门闩一拉开,却把他吓了一跳:昨天他和刘全吵啊打啊争的老杨树,竟然躺在自家门口!这是咋回事?马义百思不得其解,便把老伴叫过来看。

老伴见了很高兴:"这肯定是哪个好心人打抱不平,从刘全家偷出来送给我们的。这下你心里平衡了,快把树扛进屋吧。""慢,"马义一伸手拦住了,"你头脑怎么这么简单?刘全早上起来要是发现树被人偷了,第一个怀疑的就是我,我可不能被人当作小偷。"于是,马义趁天还没大亮,就把树又推回到刘全的院子里去了。

其实马义不知道,把老杨树送到他家门口的,正是刘全本人。

原来昨天,刘全在县财政局工作的女儿打来电话,说:"爸,你知道不,我们局长就是马义的一个远房侄子。得罪马义当然不要紧,但得罪了局长,我就没好日子过了。"女儿这么一说,刘全为难了:真要是为了一棵树耽误了女儿前程,那女儿不恨死自己啦?罢了罢了,为了女儿,刘全决定把树还给马义。当然,他不会当面去还,那也太没面子了,于是就趁着夜黑,偷偷把树扛到马义家门口。谁知马义不知内情,怕中了刘全的圈套,不但不敢收下树,反而又把它送回刘全的院里了。

刘全早晨起来看到树,心里实在是气得慌:短命的马义,得寸进尺了?要不是为了女儿,别说你远房侄子当局长,就是你自己当局长,我也不买你的账!于是,刘全当着众人的面,又把老杨树扛到地界上,放下,一句话也不说,阴着个脸回去了。大伙儿闹不清了:昨天刘全还为这树拼死拼活地争,今天咋又不要了呢?

后来人们才知道,原来刘全家一笼鸡昨晚被人药了。响鼓不用重锤敲,大家立即明白了,这号事肯定是马义干的。可谁都没想到,其实这鸡都是他刘全自己掐死的,目的就是让马义背黑锅。刘全见阴谋得逞,高兴得进门就唱戏,出门笑嘻嘻。死几只鸡有什么,用盐腌了,可以当下酒菜嘛!

马义见村上人都怀疑刘全家的鸡是他药的,肺都气炸了。人争一口气,谁在乎那棵烂树!刘全这个小把戏,瞒得了别人,可瞒不了他马义。马义恨得牙痒痒的,当即就暗下决心:一定要以牙还牙!

于是第二天,马义就去请屠户宋小手来家杀猪。宋小手感到很诧异:"马义,你想吃肉上我这儿来买呀,你那猪不够出栏,杀早了,太可惜!"马义叹道:"唉,我知道猪正长着呢,可猪腿让人家打断了,活命都难,还指望它长肉?"很快,村里人都知道马义家的猪让人打断腿了。谁这么缺德,下这样的毒手?不用问,大家都心知肚明,不是刘全还能是谁?刘全这是在报复马义呢,因为几天前,马义药了他家一笼鸡。

就这样,你来我往,各不相让,到头来,刘全、马义都有苦说不出。

事情过去几天后,马义虽然出了口恶气,让刘全跟他一样不清不白,但心理负担却越发重了。他明白,凭刘全的犟脾气,是绝不会善罢甘休的,一定会再报复。如果过两天他要是把自家的耕牛砍了,然后嫁祸于自己,那怎么办?也学刘全的样把自家的牛砍了?不行啊,刘全家有实力,可他马义不行,一双儿女,一个还没成家在外打工,一个还在读书,正是大把大把花钱的时候哩。唉,这怎么办?

突然,马义想到:刘全如果砍牛的话,肯定会选择在夜里砍,要是能当场抓住他,那他刘全白砍了自家牛不说,闹腾开来,名声肯定比大粪还要臭。对,就这么办!于是,他夜里几乎不睡觉了,偷偷猫在自家院子里,听隔壁刘全家牛棚里的动静。

可是几天下来,刘全家的牛一点事儿也没有,马义傻眼了。

这天,马义听说刘全要进城去看儿子,心想这下可以睡个安稳觉了。可是夜里,他突然被外面的声响惊醒了,悄悄爬起来一看,不由倒吸了一口凉气:只见一个黑影正从刘全家牛棚里牵出一头牛来。不用猜,这黑影一定是刘全!马义气极了:你这个缺德的刘全,白天假装进城看儿子,夜里却悄悄溜回来牵牛栽赃给我。哼,看我怎么戳穿你的鬼把戏!

马义匆忙穿上衣服,悄悄跟了上去。跟着跟着,他发现有些不对劲,那人走路的姿势怎么一点不像刘全?他紧追几步上去仔细一瞧,原来是小偷!

这下马义犯难了。按理讲,小偷偷了刘全家的牛,他马义应该高兴才对,可现在他实在高兴不起来。你想,刘全家的牛被人偷了,大伙肯定又会怀疑是他马义干的,那样他跳进黄河也洗不清啊!所以,绝不能放走小偷!

这时,小偷也发现后面有人,忙加快了脚步。眼看小偷就要跑出村子了,马义急了,扑上去用力揪住他不放,马义扯着嗓子大喊:"不好啦,有人偷牛啦,快来抓贼啊!"小偷吓坏了,想跑,可怎么也挣脱不了,于是挥起拳头就朝马义头上砸去。马义的脸被打肿了,牙也被打落了两颗,可他为了确保自己的清白,两只手紧紧抓住小偷,就是不放……

马义奋不顾身斗小偷的故事,很快就传开了。县里评见义勇为英雄奖,大伙没商量就把马义推荐上去了。马义没想到自己就这样当上了英雄,心里很惭愧,有记者问他:"面对歹徒你能勇敢地冲上去,当时心里是怎么想的?"马义红着脸"嘿嘿"地笑:"当时怎么想的?那可不能告诉你!"

（钱　岩）

（题图:王申生）

烟蒂之波

牛四宝在麻将桌上坐了一下午,回到家中,从口袋里摸出五张百元大钞甩到桌上,跷跷大拇指,对老婆马六妹说:"你看我手气好吗?"马六妹笑得眼睛眯成了一条缝。牛四宝洋洋得意地把手里快要吸光了的香烟头随手朝窗外一丢,说:"以后我再去,你少啰唆。"

话音未落,只听楼下叫起来:"哎呀呀,楼上哪个缺德鬼呀,香烟头烫死我了啊!"听声音,是楼下的黄老太。

不一会儿,黄老太就骂骂咧咧地上楼来了。马六妹把牛四宝朝卫生间里一推,然后开了门,装模作样地问:"大妈,你找谁呀?"

黄老太挺生气地说:"也不知哪家,老喜欢朝窗外扔香烟头,已经不是一次两次了,迟早要出事。我得把这个缺德鬼找出来!"

马六妹"嘿嘿"一笑,说:"哎呀,是得说说。不过我家四宝还没回来呢,要来了,我盯着他。"

黄老太怀疑地朝房间里望了两眼,想想香烟头上又没写名字,怎么能硬说人家呢? 只好走了。

马六妹关上门,赶紧朝卫生间嚷嚷:"出来出来,别以为光你有本事,看我,几句话就把老太婆打发走了!"

牛四宝从卫生间里跑出来,朝老婆跷跷大拇指说:"好,有你这么聪明的老婆,一世不吃亏!"

第二天,牛四宝趁热打铁又坐上了麻将桌,不过今天他是大大地晦气了,不仅把昨天赢来的钱全部输光,还亏了五百多元。回到家里,他一声连一声地叹气,一支接一支地抽烟,抽一支就把香烟头窗外丢一支。

猛地,他听到楼下有人歇斯底里地狂叫:"你这个千刀万剐的缺德鬼呀,你一家人统统死光!"这不是老婆的声音吗?

原来马六妹拿了牛四宝昨天赢来的五百元钱,今天下班就去美容院做头发,现在做好头发刚刚走到楼下,一只香烟从天而降,烫得她抱着头乱摸,时髦的发型成了一堆乱草窝。马六妹恨得咬牙切齿,猛地想起这会不会是四宝丢的?"噔噔噔"地奔上来,牛四宝见了她,脸色都变了。

马六妹扑上来,当胸一把揪住牛四宝,歇斯底里地狂骂:"呸,都是你这个害人精,你赔我的头发……"

牛四宝开始还觉得自己理短,忍着不响,后来马六妹越骂越收不住口,牛四宝也火了:昨天有钱给你你就笑,今天你怎么就不知道给你男人一点脸面呢? 于是冲口也回骂起来:"你这个寻死作活的女人,谁知道你这头发是做给谁看的。这香烟头就是我丢的,怎么样……"他一边骂一边"啪啪"挥手就上去两个耳光。

这时候，邻居们都围了上来。马六妹被打得晕头转向，一看来了这么多看热闹的人，不管三七二十一地叫起来："你们大家听听呀，你们拾到的香烟头都是他丢下去的呀，每次你们在楼下叫，他都还像没事人似的……"

邻居们一听，就轰起来了。黄老太昨天头上被香烟头烫破了头皮，涂了不少药膏，现在还包着纱布；老皮匠鞋摊上的一双鞋，本来修理得好好的，被落下来的香烟头烫着了绒毛，老皮匠赔了人家好几百元，整整一个月白做；炸鸡铺的小老板更是哭笑不得，好好一锅油里落进一只香烟头，顾客非要他把一锅油换掉，他舍不得，结果七传八传，说他的油锅里放了大麻，炸鸡生意一落千丈不说，还惊动了警方……今天总算元凶露真相，大家岂肯放过，要牛四宝赔偿。

牛四宝恨不得一拳头把老婆打死：都是这个女人，只当她聪明过人，却是只烂草包。

闹声惊动了居委会，牛四宝最后只好一一赔偿，他心痛得不得了，耷拉着脑袋哭丧着脸。

居委主任对他说："四宝，你虽说花了钱，可趁此机会把这坏习惯改掉了，还是合算的啊！"

（张长公）

（**题图**：魏忠善）

真是欺负人

大学毕业后,小陈在一家装饰公司找到了一份工作,为了节省几个钱,就在市郊接合部租了间房子。这是一栋老式楼房,被房主整栋买下后,间隔成了筒子楼,专门租给外来打工人员,价钱很公道。小陈挺满意,跟房东谈好了价钱,选了一间空屋,当天就搬了进去。

小陈没啥别的爱好,业余时间就喜欢搞点木雕创作。这天晚上吃完饭,他就兴致勃勃地拿出一个尚未雕刻完的木雕品凿开了。

突然,不知从哪传来一声响亮的喷嚏声:"啊嚏——"小陈吓了一跳,还没反应过来,那喷嚏声又接二连三地响了好几个。小陈听清楚了:这声音是从隔壁传过来的,而且还是个女的。

这个发现让小陈吃惊不小：隔壁只不过打了个喷嚏，自己怎么就听得这么清楚啊？仔细一观察，又有了新发现，原来自己这间跟隔壁那间本来是一个大间，只是被房主从中间打了隔断，这才一分为二成了两间屋；由于隔断材料用的是三合板，所以隔音效果极差。

小陈是个爱安静的人，业余时间还要搞木雕活儿，要是隔壁总闹哄哄的，自己还怎么安心啊？于是第二天他便去找房主，跟他说明情况，要求换房。

房主听了，摇了摇头说："空房子有倒是有，但所有的房间结构都是一样的，换到哪儿都一样。"房主拍拍小陈的肩膀，安慰道："小伙子，你隔壁只住着一个单身女孩，人家是杂志社的编辑，业余时间也就是写写文章什么的，不会闹出太大的动静来。"没有办法，小陈只好凑合着住。

但过了几天，小陈发现隔壁女孩果然如房主所说，非常安静，连走路都像猫一样，于是也就安下心来。可好景不长，正当他为遇到一个满意的好邻居而暗自庆幸的时候，隔壁女孩搬走了。

很快，一个中年男人搬了过来，随之而来的还有一群鸽子。男人在窗台下面搭了个鸽子窝，紧挨着小陈的窗户，这下可把小陈坑苦了，鸽子到处屙屎拉尿，臭气熏天，弄得小陈都不敢开窗户。尤其让他受不了的是鸽子的叫声，这些家伙也不管白天黑夜，"咕噜咕噜"地成天叫个不停，不但直接影响小陈搞木雕创作，而且连觉都睡不安生了。

小陈忍无可忍，便去找隔壁男人理论。谁知那男人根本不买账："咋了？我又没把鸽子养到你房间里去，你管得着吗？这鸽子是我的命根子，你要不让我养，我就跟你玩命！"

小陈见跟他说不清楚，只好又去找房主，要求换一间房，这回，房主倒是痛快地答应了。

小陈不放心地问:"这间房子的隔壁住的是什么人啊?"房主微笑着说:"哦,隔壁的人你认识。"小陈一愣:"我认识?"房主说:"对呀,就是原来住在你隔壁的那个女孩。"小陈听了,既高兴又奇怪:"她不是搬走了吗? 怎么还在这里住啊?"房主说:"可能是在外面没有找到合适的房子吧,这才又搬回来的。"小陈一听乐坏了,和这样的女孩做邻居,是件多么幸福的事情啊,不但又能安心搞木雕创作,而且睡觉都安稳。

可令小陈万万没想到的是,他刚搬进去不久,这天下班,就看见女孩正在指挥两名工人往外搬东西。小陈吃了一惊,因为有些熟了,便上前问女孩:"怎么,又要搬家啊?"女孩未说话脸先红了,蚊子似的答道:"也搬不远,只是那边又腾出了一间屋,是朝南的。"小陈心里暗暗叫苦:你搬走了,天知道又会住进什么样的人来! 他有心挽留女孩,可话又说不出口,自己有什么权利不让人家搬家啊? 再说了,如果执意挽留一个姑娘跟自己住隔壁,这动机也会让人怀疑啊!

小陈咬了咬牙,算了,听天由命吧!

女孩搬走后不久,隔壁住进来的是一对中年夫妇。他们可没女孩那么安静了,刚搬进来的头天晚上,两口子就不知为什么大吵了起来,一直吵到半夜。过了几天,夫妻关系好不容易缓和了,那女的又不知犯了什么邪,整天在屋里乱蹦,跺得地板"咚咚"山响,一面蹦一面还不住地数着数。

小陈实在受不了,便到隔壁去探个究竟,发现原来那女的是在屋里跳绳,说是为了减肥,每天睡前必须跳上几百下。小陈当即婉转表达了自己的意思,希望女的能够顾及到邻居的休息,是不是可以不要再跳了。谁知那女的却蛮不讲理:"那怎么行? 跳绳减肥法必须持之以恒,我现在体重还没明显减下来呢,我必须得坚持下去。"

不管小陈怎么说,到了晚上,隔壁那女的照跳不误,没办法,小陈只好硬着头皮再去找房主。

这回,小陈多了个心眼,主动要求搬到先前那个做编辑的女孩隔壁去住。可是房主一脸遗憾地告诉他说,女孩隔壁已经有人住了。小陈想了想,不甘心地说:"那好吧,你别管了,我去找那家人,跟他商量换房。"

为了有个安静的地方,小陈豁出去了,他找到女孩隔壁那家,提出每月给他们一百元的补偿,要求换房,那家人自然答应。虽说花了点钱,但终于又能有一个安静的环境了,小陈还是兴奋不已。

搬家那天,小陈正好碰上那个女孩,女孩很奇怪地问他:"你怎么又搬到我隔壁来住了?"小陈哈哈一笑,说:"我是特意要搬过来的!不过你可别误会,我没有别的意思,我有女朋友,我只不过是想找一个安静的邻居而已!"

女孩脸上升起一片红晕,又"忽"地扩散开来,随即满脸通红地大声冲小陈喊道:"我说大哥,你也真太欺负人了!我每天晚上要写稿子的,可你'乒乒乓乓'搞你那些木雕玩意儿,凿得我心烦意乱,实在是受不了。为了躲你,我都搬了两回家了,你怎么还不肯放过我啊!"

(扈国臣)

(题图:安玉民)

友 情 至 上

聪明的人们就应该尽上力量去建立友谊,而不应去结仇恨。真正的朋友在精神方面的感应,和狗的嗅觉一样灵敏,他们能体会到朋友的悲伤,猜到悲伤的原因,老在心里牵挂着。

师兄师弟

　　战国时期,有两个很有名气的人物,一个叫苏秦,一个叫张仪,他们拜在同一个老师门下。苏秦比张仪大了许多,向来把张仪当作亲弟弟,张仪也很敬重苏秦。出师以后,他们洒泪而别,各奔前程。

　　苏秦来到赵国,凭借过人的口才和学识,得到了赵王的赏识,很快当上了相国,功成名就,荣华富贵,并被委以重任,负责联合其他五国共同抗秦。相比之下,张仪就没有那么幸运了,他投在楚国昭阳公的门下,由于出身卑微,却又恃才傲物,所以备受冷遇。有一次,昭阳公的一块名贵玉石被盗,有人乘机诬陷张仪,昭阳公大怒,命手下把张仪痛打一顿,然后投入牢中,准备择日问斩。

行刑前一天的夜里,一个狱卒悄悄走进张仪的牢中,说:"我虽然不认识先生,但十分敬佩先生的为人,请你快逃吧。"说着,他将一个装着银两和衣物的包袱递给张仪。

张仪感到十分意外,推辞说:"我不是怕死之人,怎么可以为了自己偷生而连累你呢?"

狱卒笑道:"我也是受人之托,里外都已经打点好了,不会有事的。先生有治国平天下的大才,如果屈死在这里,太不值得了。"

一席话说动了张仪,他朝狱卒拜了三拜,然后偷偷出了牢房,消失在夜幕之中。

逃离楚国后,张仪先后来到魏国和韩国,尽管他一向心高气傲,但因有"犯罪前科",所以屡屡碰壁,便也有些心灰意冷了,想到师兄苏秦眼下位高权重,就准备前去投靠,好歹混个门客求碗饭吃,也好平安度过余生。

经过一个多月的旅途奔波,张仪终于来到苏秦的相国府前,出乎意料的是,苏秦并没有立刻接见他,而是把他安顿在客栈里,让他安心等候。张仪没想到自己千里迢迢而来,却吃了一碗不凉不热的闭门羹,心里很不是滋味,倒是客栈那个姓王的老板,得知张仪和苏相国是同窗好友后,天天跑来嘘寒问暖,显得十分殷勤。

不知不觉,半个月过去了,张仪虽说衣食无忧,但被冷落的滋味也不好受,他几次跑去相国府求见,都被拒之门外。这天下午,张仪正闷闷不乐地坐在客栈房里喝茶,突然,胖胖的王老板气喘吁吁地跑来对他说:"快!快把窗户打开!"

"怎么了?"张仪不解地看了王老板一眼,但还是照他的话把窗打开了。王老板俯在窗前,指着楼下的一辆马车说:"快,你往那儿看——"

张仪探出头去一看,只见街上正过来一辆马车,装饰华丽,仪仗威严,张仪一眼就认出这是相国的车。他顿时明白了王老板的用意,于是对着马车大声喊道:"相国大人,还认识张仪吗?"

马车闻声停了下来,一个人撩开车帘,抬起头来向客栈楼上张望,果然,那人就是苏秦。此刻,苏秦也看到了客栈楼上的张仪,微微一笑,问道:"贤弟什么时候来到赵国的?"

张仪冷冷一笑:"我到赵国已经半月有余,可惜师兄贵为相国,事务繁杂,无暇接见啊!"

"是吗?为兄失礼了。不过为兄我现在有要紧的公务急需处理,不能在此久留。这样吧,明日午时我再来拜访,并设宴为你接风赔罪,如何?"说完,也不等张仪回答,他放下车帘,径自走了。

张仪望着苏秦远去的马车,心中又喜又忧。喜的是,终于见着了苏秦,生活有了着落;忧的是,看苏秦刚才那架势,即使收留了自己,往后的日子也不好过呀!

第二天中午,相国府果然有人来客栈张罗酒宴的事,但苏秦本人却比约定的时间迟到了足足一个时辰。他在一大帮达官显贵的簇拥下姗姗而来,见面以后只是朝张仪拱拱手,就把他晾在一边,大模大样地只管和身边的人闲聊;更让张仪气愤的是,后来入座时,苏秦并没有按远来为客的规矩把张仪请到贵宾席位,而是把他挤到桌角下人的位子上。

张仪实在忍不下这口气,他悄然退席,收拾好自己的行装就要离去。就在这时,王老板来了。王老板走进他的客房,把满满一包裹银两放在桌上,叹了口气,说:"我知道你已经身无分文了,这些盘缠请你不要嫌弃。"

张仪愣住了:"我和你素昧平生,你为什么要这么做?"

王老板微微一笑:"我观先生终非池中之物,日后必然位极人臣。到那时,你别忘了我就行。"

张仪沉默片刻,然后执着王老板的手,郑重地说:"多谢王老板信任,我一定发奋努力,以图大业。"

王老板点点头,又说:"苏秦现在身为齐、楚、燕、韩、赵、魏六国相国,执掌六国相印,所以你最好还是到秦国去,车马我已替你备好,请即刻上路吧。"

张仪向王老板拱了拱手,随即登程而去。

张仪来到秦国后,他的政治主张果然得到了秦王的重视,尤其是他为对付苏秦而谋划的"远交近攻"之策,更是让秦王大喜过望。张仪被秦王授予相国印绶,秦王全力支持他对内大刀阔斧地进行改革,对外不惜重金各个击破。不出两年时间,秦国的国力就远远超过了其他六国,六国联盟名存实亡。

张仪见进一步攻战的时机已经成熟,便开始积极备战。这天夜里,他邀请几位大臣正在府里商议攻赵之事,忽然门客来报,说赵国派使臣求见。张仪大吃一惊:我还没有发兵,这消息怎么传得这样快? 他又急又惊,快步走到前厅,却见来客竟是王老板,这才心头一松:"你怎么当上使臣了?"

王老板向他深施一礼,说:"因为苏秦大人知道,只有派我来,才能说服你不要对赵国大动干戈。"

听到苏秦的名字,张仪的脸上立刻挂了一层霜:"既然是你来,我也不加隐瞒。不错,我是准备攻打赵国,而且决心已下,不会改变;你就不必回去了,我可以向秦王举荐,让你在秦国为官,你看可好?"

王老板一个劲地摇头:"我生是赵国人,死是赵国鬼,绝不投敌叛国。"他"嘿嘿"冷笑一声,"张相国急于攻赵,恐怕不全是为了统一大业,还有个人恩怨吧?"

张仪铁青着脸背过身去,重重地哼了一声。

"张相国,我给你讲个故事吧。"王老板缓缓说道,"有这样一对师兄师弟,师兄宽厚仁义,师弟心高气傲,两人各在一国为臣,师兄得意,师弟失意。有一次,师弟蒙冤入狱,师兄想出面营救,又怕伤了师弟那脆弱的自尊,于是便悄悄买通狱卒放了他,还赠以重金,助他另寻出路。可惜师弟走了几个小国,都未能受到重视。大凡心气高者,志也易挫,师弟当时万念俱灰,来到师兄处,欲求荫庇。此时,师兄已贵为相国,他深知师弟和自己政见不同,其才又在自己之上,他不忍让师弟屈居于自己手下为臣,更不愿意看到师弟就此消沉,于是故意用百般冷落的办法激发其自强,还特地安排一位客栈老板为他指点迷津……"

"不要再说了!"张仪听到这里已明白王老板故事里的师兄师弟是怎么回事,他喉头哽咽,颤抖着身子走到王老板跟前,眼睛直直地盯着他,半天才说:"难道你送我银两,也是师兄的安排?"

王老板点点头:"不错,我是个生意人,怎会无缘无故地白白送钱给你?"

"师兄啊……"张仪刹那间两腿一软,跪倒在地,"只要有你在,秦国决不兴兵……"张仪说到做到,果然一直等苏秦亡故之后,秦国才开始吞并六国……

韩愈说过这样一句话:"仰不愧天,俯不愧人,内不愧心。"这"三不愧",说的就是做人的标准。而真正要做到这三条,谈何容易? 特别是"内不愧心",更难。就像这故事中苏秦对张仪的帮助,独具深意,用心良苦,而且还不能为被帮助人理解,以致使原本情同手足的师弟萌生切齿之仇。作为苏秦,他身上具有的就是一种"内不愧心"的情怀了!

（赵　欣）

（**题图**:黄全昌）

天然居来客

　　清朝末年,北京宣武门外有一家饭馆,名叫天然居。这饭馆上下两层楼,说不上豪华,但也挺有气派,特别是门口的一副对联很有意思,上联是"客上天然居",下联是"居然天上客"。

　　天然居的老板有三十出头的样子,姓那,叫那二保。那二保整天笑嘻嘻的,俗话说,和气生财嘛。

　　这一天,还不到饭口的时候,饭馆里没有一个顾客。那二保正在灶间巡视呢,就听门口的伙计高声喊:"来嘞,一位爷,里边请!"那二保一听就知道来的不是常客,忙迎了出来。

　　进来的这位主顾有三十五六,长得是气宇轩昂,双目炯炯,透着十二分的精明。那二保心中一惊,觉得似在哪里见过,但细想想,又确确实实从未谋过面。他脸上堆着笑,弯了弯腰,手一伸,说:"这位爷,楼上?"

那男人面无表情,微微点了下头,便抬腿上了楼。那二保紧跟在后边,没走几步就知道此人不是寻常之辈。何以见得?原来他上楼时竟没有发出一丁点的声响,若没有高强的轻功是不可能办到的。

那汉子坐定后,要了半斤二锅头、一斤猪头肉,便慢条斯理地自斟自酌起来。

楼上只有那二保和汉子两人,那二保站在汉子身边不远处,越咂摸越觉得他的来历有点蹊跷,因此半步不敢离开,心里直打鼓。

汉子旁若无人地吃到八九分时,忽然抬手一指东墙,漫不经心地对那二保说了句:"掌柜的,那墙好像应该修修了吧?"

只这么轻轻一句,那二保竟像是被雷击了一般,半天说不出话来!敢情那墙是道夹心墙,常人是看不出来的。那二保一个饭店掌柜,干吗要砌这么道墙呢?原来他是为了掩护那些对朝廷不满的人用的。但不知面前的这个汉子是哪路神仙,一眼识破了机关!

汉子瞥了呆若木鸡的那二保一眼,微微一笑,把杯里的酒一口喝干,起身问道:"多少钱哪?"

那二保这时方才回过神来,赔着笑连连道:"看您说的,多见外。您到我这小店来,我高兴还高兴不过来呢,哪能跟您……"说着将那汉子让到雅间,重新布上酒菜,然后亲自为他斟满了酒,说:"爷,我敬您一杯。"

那汉子挡住了,说:"我姓金,单名铁字,在衙门里混碗饭号。那掌柜果然是个明白人,咱们交个朋友吧。"

那二保见这个叫"金铁"的汉子语气神态中并无恶意,不由大喜,一面应和着,一面让手下人拿来一把刀。他将刀放在桌子上,冲金铁拱了拱手,说:"今天有幸认识英雄,没有什么东西好送,这是祖上传下的一把刀。金爷若不嫌弃,就请收下。"

金铁也不说话,眯起眼仔细地看了看那把刀,点点头。这时,就听"吱"地一声,一只老鼠钻出了墙洞,正探头探脑地伸出前爪。说时迟,那时快,只见金铁一出手,一道寒光闪过,那只老鼠已经被刀一分为二了。金铁拾起刀,瞄了一眼,那刀居然没有一丝血迹,不由赞道:"果然是把好刀!"

那二保没有想到金铁出手如此迅速,佩服地说:"好刀配好汉,这刀也算找到了主人。"

金铁将刀插入刀鞘,说:"那我就恭敬不如从命了。不过……古人云:来而不往非礼也。你送我这好刀,我送你什么呢?"说罢,他就在身上摸来摸去,可是什么也没能摸出来。

那二保说:"金爷,你这是干什么? 来日方长么。"

金铁点头:"也是。我日后一定要送你一件礼物才是。"

那二保说:"有爷这份心就行了。"

金铁皱皱眉,说:"你不要再称我什么爷不爷的,我比你大五岁,以后咱们就兄弟相称好了。"

那二保喜出望外,可是不解:这金铁怎么就断出他比自己大五岁呢?

金铁似看出了那二保心中的疑问,笑了一下,说:"你这店里可有一个叫王才的伙计?"

"有有有,这两天他跟谁也没打招呼,就不知跑到哪里去了。"

"嘿嘿,他这会儿怕是连望乡台都走过了。"

"啊?"那二保大吃一惊,"他死了?"

金铁点头说:"他要不死,还有你的今天吗? 这王才,头天跑到衙门告你,说你是帝党,说你何时何时纠集同党开会。所以我才知道你的年龄以及这里的秘密。怎么,你还不信?"

那二保这才明白,这金铁原来是有备而来的,只不过他不想为难自己就是了,于是倒地便拜,说:"仁兄受小弟一拜!"

金铁扶起那二保,说:"贤弟不必如此。愚兄虽吃的皇粮,但对大清也是失望至极,不变法是没什么出路的了。贤弟你尽可放心,王才已被我除掉了!"

从那以后,金铁时常到天然居坐坐,吃点便饭什么的。

转过年,京城里出现了一个江洋大盗,人称胡六。这胡六时不时地干些杀人劫财的事,老百姓茶余饭后常常说起胡六,越传越奇。不过,百姓说这胡六杀人越货不假,可是他劫的都是大户人家,有钱的人。那二保虽然不算多富有,但也拥有一座酒楼呀,所以就担心受怕。

这一天,金铁又来到天然居,那二保与他吃饭之时,便问起胡六的事。金铁摇摇头,说:"这贼也太胆大,竟敢在天子脚下作案,把老佛爷都惊动了,连下了两道旨,限期破案,这两天把府上急得不得了。"那二保听了,更是心惊肉跳,说:"这可如何是好,我这饭馆如遭胡六一劫,怕是要倾家荡产了。"

金铁就安慰他:"你是本分的买卖人,我估摸胡六不会与你过不去的。"

"但愿兄长的吉言能保佑我。"

前面说了,那二保经常在天然居里召开秘密会议。清明的前一天,十几个人又扮作顾客来到了天然居,然后钻进雅间,商量第二天如何祭奠谭嗣同等戊戌六君子的事儿。众人你一言、我一语,很快就写出了一份慷慨激昂的悼词,并由一人抄写在纸上,准备第二天去菜市口六君子就义的地点焚烧。正在这时,门帘一掀,"呼"地闯进一个人来。这人一身捕快打扮,手执钢刀,那二保一瞧,竟是金铁。

金铁冷冷一笑,说:"贤弟,好开心呀。"

那二保虽然与金铁以兄弟相称,但对他毕竟不太了解,现在看他突然闯了进来,就感到一丝不安,正不知如何才好之时,金铁已经换了一副脸色,急急地说道:"快,快走,官府已经派人来捉拿你们了!"

那二保不信,问:"官府何以知道?"

金铁扫了一圈众人,说:"你们这里面一定有奸细。"

那二保一惊,心说,出了一个王才,难道又要出张才、李才不成? 这才对众人说:"快,撤!"

金铁一摆手:"来不及了!"

"那……"

金铁咬着那二保的耳朵,悄悄地说了几句话,然后以迅雷不及掩耳之势将那份写好的悼词抄在手中,便蹿出门去。那二保对众人说:"快,分开,喝酒,吃菜。"

酒菜摆上,众人刚刚动了几筷子,就听得门外马蹄声、兵器声嘈嘈杂杂,随后就见金铁带着一帮兵丁闯进来。金铁厉声喝问:"你等在此做什么?"

那二保战战兢兢地回答:"回大人,我这店是循规守法的,他们是来我这店里吃饭的呀。"

一个三品官员踱着八字步走进来,对金铁下令:"给我搜!"

这时,刚才开会的众人中忽然走出一个瘦小的汉子,对那当官的说:"老爷,小的有要事禀告。"

那二保一看,立时傻了,他知道这人肯定就是向官府通风报信的奸细!

千钧一发之时,就听金铁高声叫道:"哎呀,不好,有刺客!"说着手向天棚一指,一步上前护住了三品官员。众人一惊,齐刷刷向天棚看去。几乎同时,就听得那告密之人"啊"地一声惨叫,再看他时,已经倒在了血泊之中。

一切发生得是那么快,快得谁也没有反应过来。金铁说了一句:"快,追刺客!"便带着众兵丁奔了出去。

那三品大员此时已如惊弓之鸟,边叫:"等等我!"边追了出去。

那二保这才舒了一口气，也才明白在关键的时刻，又是金铁出面保护了自己和众人。

从此，那二保和金铁成了莫逆之交。

夏至过后，金铁就没有再露面，那二保也不便去打听。又过了一个多月，就听街上传说，说那江洋大盗胡六被官府捉住了。那二保放下心来，知道金铁一定是为了捉胡六而日夜奔波，太劳累了，所以顾不上到自己的店里来。

这一天一大早，就听得兵丁鸣锣开道，高声喊道："今天要斩胡六喽！今天要斩胡六喽！"

那时杀人是有区别的，斩官员在菜市口，而杀一般的人则是在天桥。犯人要从西直门大牢里提出来，然后押在马车上，一路奔天桥而行。当时的规矩，凡是被杀之人，只要提出要吃要喝要穿，沿街的店铺就得无偿地拿出来。所以，有时杀一个人，天不亮从西直门出发，得到了下午才能赶到天桥。

那二保惦记着金铁，没有什么心思看热闹。他让手下的伙计准备好了好酒好菜，以便金铁交完差来店里时能美美地吃上一顿。

辰时刚过，那二保就听得街上乱了起来，有伙计进来对二保说："掌柜的，犯人的车过来了。"

那二保一愣，心说怎么这么快就到了宣武门外。正在琢磨之时，就听得门外高声喊："我要吃酒，吃天然居的！"这声音怎么这么熟啊？那二保刚要出门看看，早有伙计跑了进来，结结巴巴地说："是、是、是金爷！"

什么，被处决的是金铁？金铁怎么变成了胡六？那二保急急地奔出门一看，光光亮亮的大太阳下，站在马车上的可不就是金铁吗？那二保什么也不顾了，奔到马车前，高声叫道："仁兄，仁兄，这是怎么回事？你怎么成了胡六？"

金铁摇摇头,说:"贤弟,实话对你说,我确实是胡六。我恨不能将天下作孽的富人统统杀光才好,唉,可惜我到临死时才明白,我虽然有一身好武艺,但能杀几个赃官几个不仁之辈?还是应该团结起来共举大事才是呀。好兄弟,别悲伤,二十年后,我还是一条好汉。来,让我高高兴兴地上路!"

那二保这才反应过来,忙吩咐手下的人将好酒好菜全端出来,在马路当中摆下供桌,对着金铁拜了三拜,然后在一只大海碗里斟满了酒,颤颤地走到金铁面前,说:"仁兄,让我敬你一杯吧!"

可金铁的上身被绑得紧紧的,无法用双手接碗,那二保只好将碗端到金铁面前。金铁仰起脖子"咚咚咚咚"几口就将一碗酒喝了下去,然后高声喊道:"好酒!痛快!再来一碗!"

那二保忙又斟了一碗,将碗递到金铁嘴边。这次,金铁没有一下子喝,而是盯着那二保长叹道:"兄弟,我交下了你这个朋友,也算不白来人世一趟。我别的没有什么牵挂,只是我对你说过,日后要给你一件礼物,可我现在两手空空,唉……"

那二保安慰道:"仁兄的心意我领了,放心,我今生不会忘记仁兄的。小弟会给你做七,在广济寺为你超度……"

"谢谢!谢谢!"金铁叼住碗沿,这才将酒慢慢地咽了下去。那二保此时已是泪水涟涟,突然,他听到"嘎嘣"一声,循声望去,看到金铁的嘴角渗出了鲜血。

"仁兄,你……"

金铁惨然一笑,说:"男子汉总要说话算话。我没有什么送你,就将这一颗牙送你做个纪念吧!"

那二保朝碗里一看,果真有一颗带着血迹的牙齿,再看那碗,竟已被金铁咬缺了口。

（祖　斌）

（题图:俞耀庭）

高手

　　小镇上有两个老中医,一个姓方,一个姓蔡,大家都把他们叫做先生。

　　要论医术,应该说两人不相上下,各有千秋,但因为方先生比蔡先生年长十多岁,蔡先生早年还跟方先生学过医,而且是个跛子,名气当然就是方先生大了,许多人都称他为"方高手",找他看病的人自然也多。为了求得平衡,蔡先生开了家药铺,自己看病自己配药,连方先生开的方子也得到他药铺里来配药。

　　当然,这都是民国年间的事,如今两个人一个八十多岁,一个七十出头,都成了老人。但不知从哪年开始,也不知为了什么,这两位老中医竟跟仇人似的,老死不相往来,甚至在路上碰面也要躲避。这其中的原因,除了他们自己心里有数,别人就不得而知了。

方先生有个孙子,名叫方晓明,那年高中毕业,又没考上大学,于是爷爷就对他说:"去,你去拜蔡先生为师,好好学医。"方晓明一听愣了,他倒不是怕学医,当医生治病救人有何不好？可爷爷一向被誉为"方高手",是个名医,为什么他自己不教,反要把我推给蔡跛子呢？再说,爷爷跟蔡先生本来就不和,他会收吗？

方晓明虽有这样那样的想法,但他了解爷爷的脾气,谁要是不听他的话,他两眼一瞪,面孔一板,那模样要多吓人有多吓人,于是只得硬着头皮去找蔡先生。

出乎意料的是,方晓明把来意一说,蔡先生居然连"咯噔"都不打一个,就满口答应了。从此,方晓明成了蔡先生的学生,一个认真教,一个刻苦学,师生间的关系越来越好。

有一天,方晓明和蔡先生在一块闲聊,气氛很融洽。方晓明趁机问道:"蔡先生,您的腿是怎么回事,从小就跛的吗？"蔡先生摇摇头:"不,是年轻的时候摔的。"至于怎么摔的,他却只字不提。

方晓明又问:"那您怎么和我爷爷结仇的呢？"

蔡先生一惊:"结仇？你说错了,我怎么会跟你爷爷结仇呢？唉,都是我不好,对不起你爷爷。那是五十多年前的事了,当时我跟你爷爷学医,你爷爷有个相好的,我不知天高地厚,也喜欢上了。有一天我和她在一起,被你爷爷发现,吓得我拔脚就逃,慌忙中跌了一跤,摔断了腿。多亏你爷爷帮我接上,要不然我早就靠拐杖走路了。唉,我一直觉得对不起你爷爷,无脸见他呀！"

方晓明一听是这么回事,连忙安慰说:"蔡先生,事情都过去这么多年,我也从未听爷爷说起过,您就不必放在心里,忘了它吧！"蔡先生却说:"不,别的可以忘,这件事忘不掉,所以多少年来,我总在想法报答他。说句真心话,我看病的技术比你爷爷好,但我从不拆他的台,行医的人不能不讲医德,何况他还对我有恩!平时,病人拿了你爷爷开的方子来抓药,我都认真对待,不是添剂量,就是加药味。当然,这都是暗中进行的,连你都没有觉察,是不是?"

方晓明这才恍然大悟,心想:啊,原来爷爷的"高手"之名,还是蔡先生成全的呀!一定是爷爷已经知道了这一切,所以才决定让我来跟蔡先生学医。

不久,方晓明考上了医科大学,在离开小镇时,他把蔡先生的话说给爷爷听。爷爷听完点点头,说:"他讲得也对也不完全对。"至于哪些对哪些不对,他又没说,成了方晓明心中的一个谜。

直到那年寒假,方晓明得知爷爷病重,赶回来看他时,爷爷才道出了真情。原来多年来,爷爷在给病人开方子时,总是有意留些破绽,不是剂量不准,就是味数不够,想让蔡跛子借此成名。

爷爷抓住孙子的手说:"我这样做,只是想心里得到一些安慰,因为他的腿是我害的呀……我知道,这个人的医德不错,让你跟他,就为这个。现在我的病是好不起来了,以后你要常去看看蔡先生,他是个好人……"方先生断断续续地说着,直到咽气时,脸上还露着微笑。

(方晓蕾)

(题图:箭　中)

人生重晚情

　　这个故事说起来已经有好些年了。

　　电修厂的老胡置了一个"电蛐蛐"，就是通常人们说的 BP 机，那时候，这玩意儿还是个新鲜东西。不过他不像别人趾高气扬地把它别在腰上，而是装在内衣兜里。

　　一个不景气的工厂里的普通工人，竟然买电蛐蛐？在那个年代工人们的眼里，这玩意儿是有钱人的象征，一个工人，充什么大尾巴鹰？真是的！再说老胡这个人，平日沉默寡言，是个"上床认得老婆，下床认得自己"的主儿，平时一个朋友也没有，连电话都没人给他打，还有谁呼他呢？

　　班里最小的毛桃是个管闲事的坏子，对着哥几个一拍胸脯说："不出一个月，保管破案。看我的！"

没想到，毛桃的案子没破，这些日子，老胡却特别忙起来，只要蛐蛐一响，就请假，有时半天，有时一天，有时两三天，回来照常上班，什么也不说。可是细心的人发现，他每次回来脸色都不好，憔悴了许多，老了许多，本来就微秃的头顶更稀疏了。

于是，大家纷纷猜测起来："是不是黄昏外恋，和哪个女的有一手？"

"是不是蔫不叽的做上买卖了？"

这一天，老胡的电蛐蛐又叫了起来，老胡又向班长请假，忙不迭地骑着破车走了，一连三天，没个音讯。

第四天，毛桃来了，开口说了一句："'地雷'的秘密我探到了。"大家"呼啦"一下围了上来。

只见毛桃面部表情十分严肃，一反平日的油嘴滑舌腔调，伸出手来说："掏钱，掏钱，一人十块。"

大伙丈二和尚摸不着头脑。

有人说："别卖关子了，快点说。"

毛桃叹口气："这老胡，真是闷葫芦，有事也不说。"

大伙急得直跺脚："那你快说呀！"

毛桃点着了一支烟，把葫芦里的"闷儿"从头到尾全抖了出来，说得大伙心里"咯噔"一下。

原来，老胡是老三届的，他有个老街坊李大爷，是个老木工，孤独一人，老胡从小就跟着他学木匠活，等老胡从兵团回来，自己的父母已经去世，李大爷便成了他的亲人，两人相依为命。后来老胡娶了媳妇，单位也分了房，一下子搬远了，老胡本想把李大爷一起接走，但李大爷离不开住了一辈子的老宅。于是，老胡每逢休息日就到李大爷家，搞卫生，洗衣服，炒菜做饭，冬天安炉子，夏天拆烟筒，一晃就快十年了。

今年李大爷八十三了，岁数不饶人，身体每况愈下，闹了一回脑血栓，虽抢救及时，但已是风烛残年，只不定哪会儿，一阵风就吹灭了。

　　没人在李大爷跟前儿照顾,老胡犯了急,也犯了难,跟媳妇一商量,狠狠心买了个最便宜的数字机,把传呼号码写成几个硬卡片,李大爷衣兜里放一个,枕边放一个,窗前桌子上放一个,还给了李大爷左右两家邻居一家一个。只要李大爷一犯病,不论谁见着就赶紧呼,这是救命的蛐蛐儿呀!

　　这一回,李大爷终于走了,他看了老胡最后一眼,安详地走了。

　　除了父母去世,多穷苦多困难的境遇,没哭过的老胡哭得没了眼泪。

　　毛桃说:"人生一世是个'情'字啊!"

　　大伙儿听得泪流满面,众人一拍大腿说:"走,看看去。"

（贾福林）

（题图:黄全昌）

掌心娃娃

那年,小刚十九岁,正在县城的一所中学念高三。那是个全县最好的中学,小刚也挺用功,下决心考上一所重点大学。

可天有不测风云,人有旦夕祸福,离高考还有一个月时,父亲突然病倒了。那是一个晚上,劳作了一天的父亲正躺在床上休息,突然感觉双腿有些麻木,紧接着又失去了知觉,不能动弹。惊慌之中,邻居们将小刚父亲送进了医院。

经医生诊断,小刚父亲患上了风湿性偏瘫,要治好它,只能静心调养,每天打针吃药,可能需要一年或更长的时间。无奈之下,小刚只得向学校请假,去医院照看父亲。

离开学校时,小刚的心里一阵阵地发慌。小刚父亲是个放排工,他之所以不顾身体长期浸在水中放排,就是为了多挣几个钱供小刚念书;小刚考上大学是全家的希望,可眼下父亲却病了,小刚得丢下书本照顾他,这样子,还怎么能考上大学呢?小刚沉浸在一种难以解脱的痛苦当中,他苦闷极了,不知道以后该咋办。

这天,小刚又像往日一样坐在父亲的病床前,一边暗自叹息,一边替父亲揉搓他麻木的双腿。就在这时,病房的门"吱呀"开了,推门进来的是一个男孩,大约四五岁,戴一顶红色的小毡帽,像是剃着光头,圆圆的脸蛋,一双明亮的眼睛闪闪地看着病房里的每一个人,看到小刚时,他像是有些好奇,目光停留了一下,伸着右手向小刚走来,说:"叔叔,你是在照看爷爷吧?"

"哦,是的。"小刚用手抚摸着男孩红色的毡帽,笑着问他,"你是来看谁的? 大人呢?"

"不,我不是来看人的……我是个小病号。"男孩张张鼻翼,挺认真地说,"医生说我的鼻子有点问题,爸爸便把我送来了……已经有好多天了。"

看着男孩稚气而天真的脸,小刚不由得为他的身体担忧,心里沉沉的。

男孩用手指了指病床上小刚的父亲,问:"叔叔,爷爷的病重吗? 你为什么愁眉苦脸的?"说着,不等小刚回答,男孩好像又想起了什么,眨眨眼,做着鬼脸,说,"你在这等我,我一会就回来。"他说着跑出了病房。

真是个怪怪的孩子……小刚不觉有些纳闷。

一会儿,男孩回来了,一起来的还有一个三四十岁的清瘦的男人,像是男孩的父亲。

"你就是斌斌让我来画娃娃的人?"男人牵着男孩的手,冲小刚一笑。

"画娃娃?"小刚不由一愣,抬头看着男孩。

男孩挣脱父亲的手跑了过来,一脸稚气地说:"叔叔,我爸爸特会画娃娃,你看——"男孩伸出他的小手,把手掌舒展开来,掌心里有一个用彩笔描成的娃娃。"你看,展开,娃娃会笑;收起,娃娃就皱眉,好玩吧?"男孩小小的手掌一展一收着,果然,那个掌心上的娃娃一会儿眉开眼笑,一会儿愁眉苦脸……小刚顿时被逗笑了。

"是这样的——斌斌平时挺爱玩的,可这医院里哪有地方玩?我又没空陪他,便在他的手掌上画上这个娃娃,也算是个玩具吧,没想到这个娃娃还特能解闷呢。"男人笑笑,苍白而瘦削的脸上有了一阵红晕,"斌斌说你一个人呆在这儿,特闷的,就让我来……"

男孩走上前来,摇着小刚的手,眼睛里充满了期望:"叔叔,你也让爸爸给你画一个吧。我看你一个人好可怜的,又没人说话,还要照顾爷爷。有了它,你就可以和它玩,很开心的。"

看着男孩期盼的脸,小刚心窝里觉得热热的,感觉到鼻子里有些酸涩,不觉伸出了左手。

男孩的父亲从口袋里掏出一支彩笔,细心地在小刚的掌心上一笔一画地画上了一个娃娃。果然,画好之后,随着小刚手掌的舒展,娃娃的嘴、鼻、眼、耳一齐舒展开来,笑容可掬,一脸灿烂;而手掌稍稍收拢,那嘴、鼻、眼、耳便挤成了一团,又变成了一个愁眉苦脸的娃娃。

原本平淡无奇的掌心,画上了这个娃娃后,如同添上了一道五彩亮丽的风景,小刚顿时被这"掌心娃娃"逗乐了,他感激这个小男孩在他孤独愁闷的时候给他送来了欢乐,心情一下就好转起来……

后来,小刚一直没舍得洗去掌心上的娃娃……

一天,小刚又像往日一样坐在父亲的病床前,让掌心上的娃娃变出各种神态,不经意间,医生走了过来,小刚察觉后抬起头来时,看到她正注视着自己的手掌心,于是便把小男孩让父亲给他画掌心娃娃的事告诉了医生。没想到那医生突然叹了一口气，随后伸出了自己的左手。小刚一看，吃了一惊：那上面竟然也画着一个娃娃。

这是怎么回事……

医生默默地低下了头，向小刚说起了小男孩那令人心酸而感动的故事。

小男孩叫斌斌，两岁时，他母亲因病去世，他就由已经下了岗的父亲带着。一天，小男孩突然口鼻出血，鼻子还一阵阵地抽搐，送医院一检查，竟是鼻癌，父亲瞒了病情，让小男孩住进了医院。小男孩的父亲没有正式工作，收入很少，医院开销大，做父亲的便整日整夜地在外给人拉板车，这样，就留下小男孩一个人孤零零地住在医院里。小男孩也听话，不哭不闹，父亲每次来看他时，他还装出笑脸，说笑话给父亲听，逗父亲高兴。那副懂事的模样，把病房里的人都感动了。后来，小男孩不知怎地，让父亲在他的掌心上画上了一个娃娃，每日里，变着那娃娃玩。后来，只要看到有病友不开心，他就让父亲给他们画上一个掌心娃娃，让他们逗着这娃娃玩。大家看到这个懂事而可怜的男孩这么善解人意，便都装出开心的样子，让他父亲画，那男孩像捡了什么宝贝似的，以后只要新来了病人，就让他父亲跑去给人家画娃娃，逗人家笑，全忘了自己身上的痛苦……

医生说这些时，声音有些哽咽，眼中闪过一丝凄楚的泪光……小刚的心灵被震颤了，他扭头朝小男孩的病房跑去……

但小男孩不在那儿了，病床上空空的，被子整齐地叠放在那儿，好像没有人碰过似的……

"小男孩呢？"小刚问病房里的人，奇怪的是他们纷纷避开他的眼光，都不作声，只顾低头看着自己的手掌。一种不祥之感涌上小刚的心头……

原来，小男孩从昨天下午起鼻子就一阵阵地疼，打针、化疗都失去了作用,医生说可能是癌细胞扩散了。今天早上,小男孩的父亲听人说省城有一个专家能治这种病,就抱了孩子走了。

离开小男孩的病房时,小刚的脚步有些踉跄,他发现自己是多么懦弱:相比于这个小男孩的不幸,我的困境算得了什么？小男孩能以五岁之龄在并非常人能忍受的病痛中站起来,坚强面对,且又能去帮助别人,给别人带来欢乐;而我呢,遇上一点小小的困难就低下了头……我真是一个懦夫!

后来的日子里,小刚心头的阴云一扫而空,他用彩笔重新将自己手上的这个掌心娃娃涂画一遍,每天总拿出来看几回,默默地替小男孩祈祷,同时心中也勃发出一种从未有过的力量。后来,小刚把书本带进病房,一边照看父亲,一边复习功课,终于顺利地通过高考,被一所师范大学录取。

这个故事已过去了五年。五年里,小刚总忘不了那个小男孩,忘不了小男孩让父亲在他掌心里画的娃娃。不知小男孩现在在哪里？小刚想,他肯定已经好了,因为,曾让他画过掌心娃娃的人都好了……

(魏艳飞)

(**题图**:刘斌昆)

同是天涯沦落人

　　九常父亲死得早，是母亲一把屎、一把尿辛苦把他拉扯大。可苦日子并没有熬到头，九常今年二十六岁了，还没娶上媳妇。

　　这年春上，母亲对九常说："儿啊，妈虽然年纪大了，但身体还算硬朗，不用你守在家里照顾我。如今村上的年轻人都外出打工，你也别呆家里了，出去挣几个钱，也好给自己讨个媳妇……"

　　九常于是含泪辞别母亲，和村上的年轻人一起外出打工。

　　到省城后，九常去一家建筑队当小工，累死累活干了一年，可待工程完工、等着拿工钱的时候，老板却神不知、鬼不觉地携款溜了。这意味着连回家过年的路费都没有了，九常欲哭无泪，只好找老乡东挪西借，凑齐一百来块钱，买了张回家的车票。

在火车上,九常和一个叫谢春红的打工妹坐在一起,一搭话两人才知是老乡,一个县的,都是城北人,相距十多里路。因为是老乡,两人就显得很亲近。在九常眼里,这谢春红混得比自己强,穿金的戴银的,衣着光鲜,还带了两个大皮箱。更让九常惊叹的是,谢春红人也长得俊,把整个车厢都给照亮了。但让九常不解的是,回家过春节,与亲人团聚,该是高兴的事啊,可谢春红却是一脸的忧愁,显得郁郁寡欢,九常问她有什么心事,她却凄然一笑道:"没什么。"九常见此也不便多问。

吃饭的时候,谢春红约九常一起去餐车吃饭,九常想想自己口袋里没钱,就对谢春红说:"你一个人去吧,我不饿。"

可到了下一顿,谢春红又约九常一起去餐车吃饭,九常回她还是那句老话。这回谢春红去了餐车,过一会却带回来两盒米饭,递给九常一盒,说:"吃吧。"

九常又说:"你吃吧,我不饿。"

谢春红说:"别硬撑了! 我看你呀,眼睛都快饿绿了——外出打工,遇到黑心老板谁也没办法。没挣到钱倒无所谓,别把命都搭进去了。唉,同是天涯沦落人啊!"

九常心里一热,脸上立即挂起两行热泪,再也顾不得体面了,捧起饭盒好一阵狼吞虎咽……

到了老家县城,两人一前一后下了车,临分手时,谢春红掏出200块钱给九常,九常说啥也不肯要。谢春红急了,说:"离家一年了,回去给老娘买点东西,也算尽了一份孝心。"

这么一说,说到了九常的痛处,九常哽咽着接过钱,说:"这钱,我会还你的。"

谢春红淡然一笑:"不用还了,谁还能没个难处?"说完,就先走一步了。

九常目送着谢春红走远,然后才到商店给母亲买了两包奶粉,又买了香蕉、苹果,还给母亲买了一件鸭绒袄。

　　母亲见九常回来了，又给自己买了这么多东西，知道他在外边挣了不少钱，高兴得又是哭又是笑的。

　　可是，刚过罢春节，母亲不知怎的就病倒了。九常用架子车拉着母亲去县医院检查，医生对九常说，他母亲肚里有肿瘤，需住院动手术。九常一问，光住院交押金就2000元，还不说动手术的费用哩。九常往哪儿弄这么多钱哪？可母亲的病又不能耽搁。九常急得六神无主，一个人走到门诊部外的走廊上暗自垂泪。

　　恰在这时，九常忽听有人叫他，抬头一看，不禁又惊又喜，只见是谢春红站在他面前叫了他好几声，他忙转身揩去眼泪，好半天才问："你怎么也来了？"

　　谢春红的脸红了一下，答非所问地说："你来这里干什么？谁生病了？"

　　九常这才说出他面临的难处。谢春红听后却毫不犹豫地对九常说："我带的钱也不够，你等着，我回家拿。"

　　九常想到人家与自己非亲非故，只不过在火车上偶尔相遇，哪里好一再拿人家的钱，就伸手拦住说："怎么好让你掏钱？再说，我妈这次动手术，花钱不是个小数目，还是我自己想办法吧。"

　　谢春红说："别说了，我以后也有用得着你的时候。"说着，紧走几步离开了。

　　没让九常多等，谢春红很快就把钱送来了，把一叠百元大钞交到九常手里，还说不够了再打电话，一时把九常母子俩感动得不知说什么才好。

　　有了这笔钱，九常顺利地给母亲办了住院手续，很快就上了手术台……

　　没多久，九常母亲就病愈出院，谢春红还特地买了许多营养品赶到家里来看望，母亲拖着大病初愈的身子忙着给恩人烧菜。

可是,九常从谢春红的表情上看出,她今天来好像有什么心事。

果然不出所料,午饭后,谢春红对九常说:"你出来,我跟你说个事儿。"

九常随谢春红走出门,来到一个僻静处,谢春红没开口脸先红了,几次欲言又止。九常就说:"你都救了我妈的命,还有什么难处不能对我说吗? 我没读过几天书,不懂什么,不过,你要相信,只要能办得到的事,我一定替你去办。"

听他这么说,谢春红先流出了眼泪,哽咽着说:"是这样的,我年内在省城打工时,有天晚上出去买东西,不幸被坏人强暴了,可是没想就这一次竟怀了孕,回乡后才发现的。我去县医院作检查,准备将孩子给刮了,可医生说我的心功能有问题,医院要求家属签字才可动手术。可是,咱们这块地方还是老皇历,父母知道我的情况不气死才怪哩。"说到这里,谢春红用乞求的目光望着九常,说:"九常哥,你能为我签字吗?"

九常拍着胸脯说:"没事儿,不就是签个字嘛!"

谢春红说:"可是你想过没有? 签字是很重大的一件事,表示签字者能够、也愿意对一切后果负责。所有手术都有一定的危险性,万一我死在手术台上呢? 人命关天,你能负起这么大的责任吗? 你是不是再考虑考虑?"

"给你帮忙,还考虑什么?"九常说,"万一你下不了手术台,我甘愿承担一切责任!"

谢春红问:"要是我父母追究起来,把你告到法庭上怎么办?"

九常说:"大不了坐牢吧。"

谢春红说:"那样的话,你就说我是你的恋人,这样可以减轻你的责任。"

这么一说,弄得九常反而不好意思了,他红着脸说:"我不能那样说,我配不上你。"

"好,算我没有看错人!"谢春红说,"九常哥,你说吧,你有什么条件?"

九常不高兴了:"我要是讲条件的话,就不会答应为你签字,我也知道,那要担很大风险的。"

第二天,九常随谢春红一起来到了县医院。在住院部门口,医生问九常他们是什么关系,九常先瞟了谢春红一眼,按照她事先交待好的话说:"我是她的未婚夫。"

医生暧昧地朝九常笑了笑,这才把手术单递给他,让他在上面签字。

谢春红9点钟进的手术室,医生说10点钟就可结束,可是,九常在手术室门外等啊等,10点钟早过去了,谢春红还是没从里面出来。这下九常就有点沉不住气了:万一谢春红真的发生了意外,死在手术台上怎么办? 自己如何说得清? 就这样担惊受怕的,又过了一个多小时,到12点钟,谢春红总算从手术室里出来了。她走得跌跌撞撞,嘴唇乌青,脸色惨白,眼睛黯然无光,像换了个人似的。九常忙掏出纸巾递过去,让她擦去头上的汗,随后一步一步小心地搀着她走进病房。

由于不能惊动家里人,所以在谢春红整个住院期间,一直是九常照顾着她。病房里住满了人,没有闲床,到了晚上,九常就坐在谢春红的病床边打盹。谢春红说:"你就睡到床上吧,病房里还分什么男女呢?"

九常却说:"年轻人,坐下来打个盹就好了,能撑得住。"

一晃半个月就过去了,半个月里,九常的眼睛熬红了,熬烂了,人整个儿瘦了一圈。

就在谢春红将要出院的头天晚上,她握着九常的手和他谈了个通宵。谢春红问:"九常哥,我问你一句话,你喜欢我吗?"

九常顿时心跳如鼓,激动地说:"喜欢!"然后又反问道,"你呢?"

"我也喜欢你!"谢春红说,"从你为我签字的那一刻起,我就决定要嫁给你。不过,我又想,你一定会嫌弃我的,我不勉强你。"

九常忙说:"咱们同是天涯沦落人,身不由己,我哪会嫌弃你呀? 不过,我是觉得配不上你。"

谢春红忙用手堵住九常的嘴,说:"快别那样说了。"

她这才向九常说起了她在省城打工时的详情。她说她对不起九常,开始没对他说实话,她不是被坏人强暴而怀孕的,她在那家胶合板加工厂打工期间,受了老板的骗,老板开始说要娶她,可当她怀孕后,老板却不肯与妻子离婚,最后只答应要包养她,让她做"二奶"。她一听坚决不干,老板就甩给她 10 万元,要她离开那里,肚子里的孩子让她看着办……

谢春红最后对九常说:"我已经把事情的真相全告诉你了,你要是后悔的话,现在还来得及。"

九常斩钉截铁地说:"我说过不会嫌弃你的。不过,我建议你把那 10 万块钱退给那个坏东西,咱虽穷,但穷得要有骨气,咱不稀罕那几个臭钱!"

"你说错了,"谢春红说,"等咱们结婚后,我要用那 10 万块钱——再贷些款,咱也办个胶合板加工厂。咱们这里盛产杨树,原料充足,我知道,他的原料就是从咱们这里进的,我要把他手里的客户全拉过来,把他的厂挤垮,让他破产,让他以后再也骗不成别的打工妹!"

"对对对!"九常紧握着谢春红的手说,"还是你这个办法好,把他的厂挤垮,让他破产,让他以后再也骗不成别的打工妹!"

(王喜成)

(题图:杨宏富)

中 国 结

　　李明在化工厂工作,这次生病住院,据说车间里没人去看过他。为什么? 他平时脾气太暴躁,人缘不好,他和周围人没什么交情。但奇怪的是,他出院的第二天,车间里有二十多人莫名其妙地接到了他发的请柬,请柬上内容一个样:恭请某某先生(女士)下班后到车间会议室聚会。这些人大部分还都是李明的冤家对头。

　　李明葫芦里在卖什么药?

　　大张和小胡以前跟李明打过架,接到请柬后当场就撕了,但下班后走到厂门口,大张对小胡说:“到家也没事,不如看看去。”于是两人又转身返回。到了会议室一看,只见里面已经坐得满满的,桌子上还摆着水果、瓜子、糖,俨然像开茶话会的样子。

李明今年四十多岁,老婆离了婚,家里还有一个弱智的孩子,平时日子过得紧巴巴的,可看他今天那样子,脸刮得亮光光的,西装领带,正像模像样地坐在主席的位子上。他见大张和小胡来了,赶紧起身招呼他们入座,然后拿起面前一张像是发言稿的纸,居然像平时书记、厂长在这里作报告那样,有板有眼地说了起来:"今天,大伙能应约前来,我谢谢各位了!"他说到这里顿了一下,站起来双手抱拳朝大家施了一礼,脸上带着微笑。

小胡"扑哧"笑出了声,对身旁的大张说:"这家伙犯啥邪了?是不是想当官想疯了,把咱们叫来让他过过官瘾?"

大张没答话,就听见李明接着说:"我这人不会讲话。我请大家来有三个意思:告别、道歉、送礼。"他这么一说,在场的人全都目瞪口呆。

众人正在发愣,又听李明说:"我得了直肠癌,是晚期……"

一屋子的人全惊呆了!大张说:"老李,你……开什么国际玩笑呀?"

李明认真地说:"这是真的,医生说,下个礼拜做手术。上了手术台,也许就见不到大伙啦,因此,把大家请来,告个别……"

看李明这样子,不像是在开玩笑,何况他平时也不是爱开玩笑的人,于是大伙的心里都不是味,一时也不知道说什么好,会议室里一片沉默。

李明动情地说:"我这个人日子过得不顺心,心情一直不好,性格很暴躁,过去得罪了大家,现在想起来很后悔,如果现在再不道歉,以后就没有机会了……"说到这儿,李明眼睛潮了,声音也哽咽起来,他突然弯下腰去,向大家深深地鞠了一躬。

看到这情景,大家心里都酸酸的。大张站了起来,声音显得有点颤抖,说:"老李,拌句嘴算个啥呀?我们谁也没当回事呀!"

有人抽泣起来,那是几个女同志:"你这是干啥呀,大家在一起,哪有勺子不碰碗的?老李,你这是何苦呢?"

李明破涕为笑，说："大伙这么宽宏大量，我李明心领了……小兰子，进来。"随着李明一声唤，他那个弱智的女儿小兰子走了进来，大家一看，小兰子怀里还抱着一摞"中国结"。

李明对大家说："人走了，总得给大伙留点'念想'。留啥呢？我想了好几天，就让孩子编了些中国结。来，小兰子，你把这些中国结送给叔叔阿姨吧！"

小兰子于是就开始把怀里抱着的中国结分送给大家，每个人伸手来接的时候，都不由自主地站了起来，脸上的神色显得分外庄重。当小兰子走到大张和小胡面前，把红艳艳的中国结递给他们的时候，小胡终于忍不住"哇"一声哭了出来："这……我受不了啦！"

大张也热泪盈眶，情不自禁地把小兰子抱起来，走到李明面前，扯着大嗓子说："老李，你放心，从今往后她就像我自己的孩子一样，你啥也别说了，啥也别说了。"

李明一边连连向大家说"谢谢"，一边"吧嗒吧嗒"直掉眼泪……

李明在手术后的第十天就离开了人世。李明死后，因为他的前妻还在，小兰子有妈，就不能算孤儿，没法送孤儿院，于是大张他们就各家轮流照顾。可这也不是个长法呀！大张有个姨是弱智学校的副校长，大张一听，小兰子这样的情况，送进去是没问题，但一年的学费、生活费得八千多元。大张回来和大伙儿一商量，为了小兰子的将来，大家决定无论如何要把她送进学校。

三天后，在工厂大礼堂里，全厂工人自发举行了一次规模空前的募捐活动，礼堂正中央，端端正正地悬挂着一个巨大的中国结……

（张　宇）

（题图：罗培元）

沉默的交易

几年前,小杨在一所农村初级中学当校长,学校的教学质量在全县名列前茅,每年中考后,县里最好的两个中学一中和二中的校长,都会来小杨的学校抢生源,因此,小杨这个校长做得还是挺顺风顺水的。

学校里有个学生叫黄家德,学习成绩不错,但家境贫寒,父亲早几年病逝,母亲的身体也不大好,黄家德还有个读小学的妹妹。初中三年,黄家德曾几次辍学,由于学校的努力,他又几次复学,坚持到了中考,考了个全校第十,放在全县,名次也在前50名之列。

那天,县一中吴校长率队来小杨学校招生,小杨就通知黄家德等一批学生来学校填志愿。谁知黄家德看了招生简章后对小杨说:"杨校长,我不想再读书了。"小杨猜想他肯定是被一千二百多元的学杂费吓住了,于是说了一大通鼓励的话,可到头来黄家德就是一句话:"杨校长,我都 17 岁了,家里的担子我要挑起来。"

　　眼看着这么有前途的学生要辍学,小杨实在不忍心,酒桌上,小杨就把黄家德的情况说给吴校长听,想让吴校长把黄家德的学杂费免了。吴校长一听非常爽快,马上表态说:"行,你杨校长开尊口,我哪敢说半个'不'字,我现在就答应你,这个学生第一学期的学杂费全部免了。但是……"他说到这里加重了语气,"你杨校长也要答应我一件事,保证那几个高分学生全部填报我们一中的志愿。你不能搞什么平均主义,分两个给二中他们。"小杨被吴校长的爽快劲儿感染,一口灌下满杯啤酒,抹抹嘴角的啤酒沫,拍着胸脯道:"成交!"

　　事后,小杨将这个好消息立刻告诉了黄家德,黄家德于是就填了志愿回家了。

　　当晚,小杨家里来了个中年妇女,瘦弱干瘪,脸色蜡黄,一问,才知道是黄家德的母亲。小杨把她让进屋,只见她局促地刚在椅子上坐下,突然又手忙脚乱地站起来,走到屋外脱了鞋,随后才赤着脚重新走进来。她是听黄家德回去说杨校长帮忙减免了学杂费,特地登门感谢来的。

　　黄家德母亲还带来满满一篮鸡蛋,小杨推辞不要,黄家德母亲说:"杨校长,你帮了我们这么大的忙,要是不收下这篮鸡蛋,我们一家人心里实在过意不去。这都是土鸡蛋,你就收了吧!"小杨妻子在一旁听到了,不禁面露喜色,凑过来对小杨说:"咱们儿子就喜欢吃这种土鸡蛋,市场上卖的谁知道是真是假。我看咱们还不如把鸡蛋收下,付钱给大嫂,该多少是多少。"黄家德母亲一听他们说要付钱,坐不住了,赶紧站起来说:"哪能收你们的钱,我们正愁没法报答呢。以后你们只管让孩子可劲地吃,到时候我会再送来。"说完,她就告辞走了,硬是把鸡蛋留了下来。

　　黄家德母亲是个细心的人,从此她就按照小杨儿子一天吃一个鸡蛋的标准量计算,到吃完的时候准会再送过来,给她钱,她死活不收。这样次数多了,小杨心里有些不安。妻子脑子活络,开导小杨说:"下个学期,你再给吴校长说一声,把她儿子的学杂费减免掉,咱们不就算报答她了吗?咱们儿子能吃到正宗的土鸡蛋,她家省了一大笔开支,吴校长学校还多几个高分的学生,这不是大家都得益嘛!"小杨想想妻子的话也有道理,于是就没吱声。

　　就这样,小杨一次又一次地收着黄家德母亲的感恩鸡蛋。转眼到了隆冬季节,那天下大雪,小杨儿子的鸡蛋吃完了,按惯例,黄家德母亲这天准会登门送来,可听着窗外呼啸的北风声,小杨和妻子都断定她不会来了,可没想到天快黑的时候,他们家的门铃响了。

　　小杨和妻子赶紧要把黄家德母亲让进屋,可她坚持站在门外说:"不进去了,省得脏了你们的地板。"她把一篮鸡蛋往小杨怀里一塞,转身就消逝在纷纷扬扬的雪花之中。小杨和妻子都感动不已,小杨拿起电话就拨吴校长,要他新学期继续关照黄家德。吴校长在电话那头爽快地说:"放心,我早说过了,你杨校长的事就是我的事。不过你也不要忘了,明年得保证给我几个高分考生啊!哈哈!"两人就这样在亲切友好的气氛中完成了又一轮交易。

　　一转眼,三年过去了。高考结束后的一天,黄家德母亲又来给小杨送鸡蛋,小杨问她儿子考得怎么样,这位母亲却愣在那里不说话。小杨以为是黄家德考得不理想,就安慰说:"考得不理想没关系,让他复读一年再考,学杂费你不用担心,我跟他们吴校长打个招呼就行了。这孩子智商高,明年肯定能行。"谁知黄家德母亲苦笑了一声,说:"杨校长,其实我们家德早就不念书了。"

　　不念书了？这怎么可能？高分考生——学费——土鸡蛋，这个三角交易不是一直进行得好好的吗？黄家德母亲见小杨诧异地望着她，就解释说："那年开学不久，家德到一中念书，一千多元学杂费人家确实给免了，可家德还得吃还得喝呀，要填饱肚皮就还得花一大笔钱。孩子不忍心拖累家里，念了不到一个月的书，就硬着性子丢下书本，到深圳打工去了……"

　　小杨听到这里，想起三年来黄家德母亲一直没断过给他们送鸡蛋，不由脸颊发烫，喃喃道："大嫂，家德辍学了，你怎么也不说一声，害得我一直以为在帮你们忙呢。你看，你送了几年的鸡蛋，我们还那么心安理得……"黄家德母亲脸涨得通红，着急地说："杨校长，你千万别这么说，家德念不念书，我们都欠着你的人情，1200多元钱，得多少个鸡蛋才能还清啊。前些年我们靠鸡蛋换油盐，这几年有家德补贴家里，几篮鸡蛋算不了什么，家德还特地要我别告诉你们他去打工的事，把这个人情永远还下去呢！"

　　黄家德的母亲说完就走了。望着这个越走越远、渐渐消失了的瘦小女人的背影，小杨的眼睛湿了，他一个电话打给吴校长，说了黄家德辍学的事，责怪他为什么跟自己玩猫腻。吴校长支吾了半天，说："哎呀呀，这个事情还真不能怪我。实话跟你说，我答应给减免学费的学生何止黄家德一个，具体都是底下人在搞，说实话，我真不知道你说的这个黄家德什么时候辍学了。小杨，你得从大处着眼啊，可不要因为这件小事影响我们彼此的合作关系。今年的录取工作马上就要开始，你得保证把你们学校最好的学生给我。当然啰，你有什么要求，尽管提！"

　　……

　　　　　　　　　　　　　　　　　（杨　格）

　　　　　　　　　　　　　　　（题图：箭　中）

知 过 能 改

一个人要是肯承认自己有某些缺点,这个人已经在改过的路途上了。

王麻子的脸上本是光光的、平平的,他从不是麻子到变成麻子,还有这么一个故事:

村头有个张寡妇,虽然已是五岁孩子的妈了,却风韵依然,惹得许多男人都围在她身边转:有的想占她便宜,有的倒正儿八经想娶她为妻。王麻子担心自己不是村里那些男人的竞争对手,于是就在那天晚上揣了把小刀,去撬张寡妇家的门闩,想来个"生米煮成熟饭"。刚到门口,突然听屋内张寡妇喝道:"谁?再不走我就开枪了!"王麻子一听有枪,吓得转身就跑。

跑回家中一想:不对呀,没听说过这娘们有枪呀!

第二天,王麻子趁张寡妇不在的时候,去问她的儿子小明:"你们家里真的有枪啊?"

小孩子不说假话:"没有。"

王麻子心头暗喜:"今晚上你就是开炮也吓不走我啦!"

谁知小明回家后就对娘说,有叔叔问他家里有没有枪。张寡妇急得团团转,心想:这一下怕是吓不走贼娃子了。于是掉头就跑到熟人那里,借了支火枪回来。

这天夜里,王麻子又来到了张寡妇的家,刚到门口,又听屋里喝道:"谁? 再不走我开枪了!"

王麻子不理不睬,照样用小刀撬门栓。

"我真的开枪啦!"

王麻子心想:"你吓唬谁呀? 有枪你就开吧!"这时,门闩已经被他撬开了,他推开门刚闯进去,只听"轰"的一声,一团火光扑面而来⋯⋯

从此,他就变成了麻子。没人知道他这麻子是火药枪里射出的谷子打的,连张寡妇也不知道打的会是他,他用布把自己的脸严严实实地蒙了半个多月,别人都以为他出痘才变成了麻子。

王麻子心里非常清楚:这副脸蛋,想讨个婆娘是不可能了。于是他就立下毒誓:"此仇不报枉为人!"

因为立了这句誓言,王麻子一直未停止过报复,但总因诸多原因,未能遂愿。

转眼过去了两年,村子里也搞起了改革,王麻子不甘心落后,他造了一只大船摆起渡来,他心头充满了信心:"你张寡妇总有落在我手头那一天!"

有一天,江上涨了点水,只见张寡妇匆匆跳上船来:"王大哥,帮帮忙,送我过去一下。"

王麻子眼睛直直地盯着张寡妇,眼里几乎要喷出火来:"下去! 今天不开船!"

张寡妇苦苦哀求:"王大哥,帮帮忙吧,我有急事。"

"有急事也不行。"王麻子口气一点不软,"你没见涨水了吗?"

"大风大浪你都过来了,你还会怕这么点水?"

王麻子望了望江面,想了想,说:"好吧,你坐到船尾去,我们一头一尾,船好平稳点。"说着,他拿起竹篙在岸边石头上一点,船就驶出了丈多远。

本来,涨水的时候,船应向上游行驶一段后才能横行,而王麻子今天却直接横行,只见他一会儿用篙,一会儿使桨,船近江中,不觉颠簸起来。这个时候,王麻子应该随波逐流、顺势而下才对,但他没有,木船几乎是横在江中,一个浪头打来,只见王麻子两脚一蹬,船猛地一颠,只听"啊"的一声,张寡妇被抛入水中……

王麻子大喊:"救人哪,有人落水了!"话音未落,他就跃入水中追张寡妇去了。

王麻子救起张寡妇时,已离渡口很远了。张寡妇的满腹江水,也是王麻子用双手按压后才排出来的,她醒来的第一句话就是:"谢谢你,王大哥。"

王麻子心头十分得意:"我这招真高,不光报了仇,还成了你的恩人,让你一辈子都记挂着我,一辈子都觉得欠我。"他心里这么想着,嘴里却说:"这都是我不好……"

张寡妇却说:"不,不能怪你。平地都有摔斤斗的时候,何况洪水如猛兽、水火不容情呀。"张寡妇口气虽然弱弱的,但言真意切。

王麻子长长地吁了口气,心想:我成了麻子,你淹了身子,恩怨从此勾销,咱们两不相欠了!

从此以后,张寡妇每次上船都会向王麻子笑笑,都会喊一声"王大哥",这声"王大哥",既让他感到得意,又让他心头刺痛。

日子一转眼又过去了几个月。

以前,每天太阳刚露脸,张寡妇就会陪着上小学的儿子小明来到渡口，依依不舍地目送他上了王麻子的船，去江对岸的乡小学上学，寒冬酷暑，天天如此，可这几个月里，却再也不见张寡妇到渡口来了，只有小明一个人孤零零地背着个书包去上学。又过了些日子，小明也不来渡口乘船了，王麻子心里堵得慌，几经打听，才知道自那次落水之后，张寡妇整日里咳咳吐吐，渐渐成了病。

王麻子知道后很后悔，他想：那天，如果我光明正大地走进她屋里，在她喝问"谁"的时候堂而皇之地应答，也不至于有今天这样的结果；再说，当时张寡妇已经几次三番打招呼说"开枪了"，只怪自己不当回事儿，唉，谁让自己动了坏心思呢；况且，这枪里面装的是谷子，要是装了铁钉、钢珠什么的，自己这条命早就玩完了。人家只是吓唬吓唬我，并不存心要伤我，可我却想要她的命……听村里人说，因为要照顾娘，再加上治病要花钱，小明已经辍学了，王麻子深怪自己"一弓坏几弦"，越想越不安。

王麻子刚摆渡的时候，在钱上从不计较，村里每人每月给他称五斤玉米或三斤谷子就行，但最近他突然规定：不要谷物，要钱。

有人说："能不能不说钱，说到钱我们就不亲近了。"

王麻子说得很干脆："不亲近就不亲近。"

有人说："王大哥，没钱咋办？"

"没钱记账，有了就给。"

大家都以为他说着玩的，船都坐了，难道真的为那几角块把钱，来上门索讨？嘿，你可别说，还真有那么下得辣的：如果你没主动缴钱，王麻子他就会在年三十拿着账本上门向你要。大家都说王麻子不近人情，看着钱眼都红了。

村里人开始疏远王麻子，王麻子渐渐地觉得孤独起来，越孤独就越想到张寡妇，越想到张寡妇他就越觉得自己有愧于她，朝思暮想，寝食不安，终于忧郁成疾，一病不起。

村里人都嫌王麻子刻薄，没有人去探望他。这天，王麻子把邻居的小孩叫来，拿出一元钱给小孩作为"脚力费"，让他去把村主任喊来，他有事交待。

一会儿，村主任懒洋洋地来到了王麻子的家里，上这儿来，他有点不大情愿。

王麻子躺在床上，将颤抖的手慢慢地伸过来，想握村主任的手。村主任想起王麻子在年三十上门向乡亲们讨钱时的那副样子，不觉眉头一皱，将手一缩，说："有什么事，说吧。"

王麻子张了几次嘴，终于说出了憋在心头的话："主任，我没有妻室儿女，其实是用不了什么钱的，我拼死拼活地攒钱，是因为我有一笔血债未还。"

村主任一惊："什么血债？"

"张寡妇是我害的。"王麻子一脸愧色，他把自己和张寡妇那一段恩怨说了出来，只是没有如实说出张寡妇开枪打他的原因，而是说成无意中伤他的。

村主任平时对王麻子就有些反感，听了这番话便生气起来："别人无意间打伤了你，你可以正大光明地要她医治，或者通过法律手段向她索赔，怎么能够用这么卑鄙的手段报复她呢？你知不知道，张寡妇已经病得很重，小明也辍学了。"

王麻子的眼眶里盈满了泪水："我知道造孽太重，我……我要偿还这笔血债。"他颤颤巍巍地伸手从枕芯里面掏出一件东西，那东西是用布包着的，他把它交到村主任手上："这几千块钱是我这几年摆渡积攒的，请你交给张寡妇，告诉她一定要把病医好，她那病其实是不难治的，只是她孤儿寡母，又要供小明读书，舍不得花钱，病才越来越重的。剩下的钱可以供小明读完初中。我知道这些钱弥补不了我对她造成的伤害，但我只有这样才能够心安……"

村主任望着气喘吁吁的王麻子，他的心被震撼了：想不到乡亲们眼里的势利小人，竟有这么一番心地！

王麻子继续说道："我为了攒钱，平时对乡亲们很刻薄，我也觉得对不起大家，现在，我的心愿了啦，那只船就交给村里吧。"

村主任猛地握住王麻子的手："自私的是我们，我们误会了你。"

王麻子勉强笑了笑："我一直想给乡亲们一点补偿，现在，我……总算办……办到了。"

村主任强忍着没让泪水掉下来："你也去治一治你的病吧，我们还需要你送我们过河呢。"

王麻子摇摇头，说："我……我的病我自己知道……我有我自己的归宿……主任，以后得千万记住，每天早上送孩子们过河上学，千万不要让他们迟到……"

村主任紧紧握着王麻子的手，泪水滴在了他那张麻脸上……

（秦 戈）

（**题图**：魏忠善）

绝顶功夫

　　神刀陈是陈村的一个屠夫。据传,他祖上曾在皇宫干过此等营生,所以,称他屠宰世家一点也不过分。神刀陈杀猪讲究一个"快"字,白刀子进,仍白刀子出。大家稍一愣神,牲畜的血浆却似喷泉般射出。

　　神刀陈还开了个肉铺。他卖肉从来不用秤,你要多少,看准后手起刀落,回家一称,分毫不差。起初有人还不信,神刀陈当场就黑下脸,说:"拿回家去称,少一钱,老子剐身上的肉补给你。"你听,没有真功夫,哪个敢夸此海口?

　　当然,神刀陈的功夫还远不止这些,比如他还有一手阉猪的本领,一刀下去,他能准确无误地将公猪那祸害的东西掏出来,然后在伤口上抹上一把黑灰,猪们爬起来,照样吃喝自如,只不过,目光上却多了些哀痛。阉猪是神刀陈的外活,他从不收费,随叫随到。

可就是这样一个奇人,至今还是王老五一个。有人说他是长相太凶,克女人;也有人说他缘分未到,有好姻缘。但不管怎么讲,神刀陈阴差阳错,转眼过了四十,人说老就老了,常常就见他一个人默默地坐在空荡荡的屋里叹气。

这天,村里的女人菊花请他去阉猪。完事后,女人递给他一杯茶,有些不好意思地说:"有件事我想求求大哥,不知你手头上宽松不?孩子的学费没缴,老师又来催了……"

不等菊花说完,神刀陈爽爽快快地从身上摸出早上卖肉的两百块钱,说:"这些你先拿去吧,有什么困难再找我。"

菊花的丈夫前年外出打工,一去杳无音信,菊花在家带着两个孩子,日子过得挺艰苦。

此后,神刀陈隔天隔日的,便给菊花娘俩送点剩肉过去。菊花觉得欠了神刀陈的人情,也隔三差五帮他洗洗衣服、被子什么的,倒也相安无事。

不觉到了夏天。一天傍晚,神刀陈在邻村给人家阉猪,主人盛情难却,就多吃了几杯酒,心中燥热,一回家便想洗澡。可衣服刚刚脱下,他就发现不对劲了,原来换洗衣服还搁在菊花那边哩,于是他只好再穿好衣服,向菊花家走去。

菊花家大门未拴,神刀陈手一推便进了堂屋,堂屋没人,再看房门是关着的,门的缝隙里透着几道光,菊花在里面"窸窸窣窣"的,听声音他知道菊花正在洗澡……

神刀陈的胸口顿时窜出一团火来,他一脚踢开房门,把赤身裸体的菊花紧紧抱住。

菊花先是一惊,而后羞辱难当,使出平生之力,只听"啪"地一声脆响,猛一掌打在神刀陈的脸上。

神刀陈醒悟过来,无地自容,急抱着头跑出了门……

好几天,未见神刀陈卖肉,陈村的人只当他病了。

这天,菊花轻轻推开神刀陈的屋门,见他脸色苍白地坐在屋中的凉椅上养神。

菊花愧疚地说:"大哥,那次,我不该那样。"

"其实,我——"神刀陈打断她的话说,"是我不对,今后,再也不会了。"

菊花说:"不,你要的话,我现在可以给你。"

神刀陈苦笑道:"不要,永远也不要了。"

菊花愕然问道:"怎么了?"

神刀陈说:"我把自己给阉了。"

（顾　诗　改编）

（**题图**:刘斌昆）

上海男人

孙胜利下岗后在上海火车站附近开了个电话亭。

这天，一个中年男子急匆匆进来，说："老板，我要打个电话！"孙胜利打开计价器，冲来人一点头，意思是：你打吧。可那男子却站着没动。孙胜利以为他没领会自己的意思，就指指电话机说："你可以打了。"谁知那男子仍然站着没动。孙胜利奇怪了：刚才还火烧火燎的，怎么现在不着急了？

这时，只见那男子从衣兜里掏出一张纸条，对孙胜利说："老板，我想请你帮我打个电话，这是电话号码。"让我帮你打电话？你又不是不会说话。孙胜利心里这样想着，嘴上却没吱声。

中年男子见孙胜利没接纸条没吱声，赶忙说："我不会让你白劳神的，我给你双倍话费，不，三倍、四倍的钱都可以。"孙胜利说："帮你打个电话,是举手之劳的事情,不用你多付什么钱。可你也得说明白呀,电话要打给谁,接通了我说什么? 再说了,你为什么不自己打呀?"

中年男子脸上露出了些许歉意,说："老板,怪我没说清楚。事情是这样的:我十几年前交了个女朋友,叫吴敏,我们已打算结婚了,可她的父母就是不同意,硬是把我们给拆散了。后来,我一气之下找个女人结了婚,吴敏呢,就嫁到了你们这里。我今天是顺路经过,想约她出来聚聚,可我这地方口音,开口满嘴苞米楂子味儿,万一是她家里人来接电话,岂不麻烦?"孙胜利一听,原来是这么回事儿,便问:"你贵姓? 我该怎么称呼你呢?"男子说:"我姓齐,我叫齐新。"

孙胜利沉思着,劝道:"齐先生,要我说呀,这个电话你还是不打的好。你想想,都过去十几年了,你们双方都已经有了自己的家庭,万一这事儿让她丈夫知道了,会影响他们感情的。再说了,你背着妻子和以前的女友约会,对你妻子也是个伤害啊!"齐新听孙胜利这么说,好像一肚子的不满,恨恨地说:"管他呢! 他知道就知道,当初我们好好的,就是他把我心爱的人抢走了。怎么,你不肯打? 算了,你不打我去别处打,反正电话亭又不是只有你这里一个。"

孙胜利一想也是:劝皮劝不了瓤,自己不给他打,他还会到别的地方去打。于是伸手接过了齐新手里的纸条。可是,他愣愣地看那上头的电话号码,半晌没动。

齐新等不及地催促说:"老板,你磨磨蹭蹭的到底是打还是不打?"见孙胜利还是没动,他从口袋里掏出一张百元钞票,"啪"往电话机旁一放,说:"你只要把电话打通,找到吴敏,这一百元就归你了!"孙胜利见他这副样子,顿时就来了气:"把你的臭钱收起来,别以为有钱就可以为所欲为!"

齐新见没戏唱,把钱往口袋里一塞,转身就要走,谁知却又被孙胜利喊住了。

孙胜利说，这个电话他打也不合适，他毕竟是男的，也容易被怀疑，不如找个女人。齐新没想孙胜利其实是真帮自己的忙，很感动，立刻就从马路上拦了一个女孩。那女孩拨通了电话，接电话的正巧是吴敏，孙胜利听得出来，齐新的到来让吴敏既高兴又意外，她请齐新去她家里，可齐新哪里肯，坚持要吴敏出来见面，吴敏答应了。

齐新高兴得连电话费也忘了付，拦了辆"的士"跳上就走。谁知不到十分钟，车子又回来了，原来车到那里要付车钱时，齐新才发现自己的钱包不见了，他是急着回来找钱包的。可是找遍了电话亭，就是不见钱包的影子，齐新急得直打磨磨，出租车司机还在一旁催。孙胜利见了，就掏出两百元钱往齐新手里一塞，说："我兜里只有这些钱，你先拿着！"齐新愣了愣，万分感激地给孙胜利鞠了一躬，说："大哥，我怎么感激你好，以后我一定会报答你的！"说完，他再次钻进轿车，走了。

谁知，一个小时不到的工夫，他竟然又回来了，走进电话亭，掏出个纸条，递给孙胜利。孙胜利一看，上面这样写着：

> 齐新：我来了，你还没赶到。说实话，本不想来，可又怕你不高兴。我有个非常爱我的丈夫，我也很爱他，我不能伤害他！尽管我们见面只是喝喝咖啡叙叙旧，可他知道了一定会不高兴的。我们是老朋友，在这异地他乡见到你，我会很高兴的，可是，我们难道非要把快乐建立在另一个人的痛苦之上吗？我回去了，非常欢迎你晚上到我家里来，我会为你做几个家乡菜，你和我老公好好喝几杯！我老公是个非常棒的男人，相信你们以后会成为好朋友的……"

齐新从孙胜利手里拿回纸条，一边爱惜地将它折起，一边说:"我想通了,吴敏做得对。我妻子和以前的恋人见面,我气得好几天没和她说话,自己都接受不了的事情,为什么还要强加给别人呢?"

齐新说着,深深地向孙胜利鞠了个躬:"今天的事,太谢谢你了。我已经给家里去了电话,钱立刻就电汇过来。我要去买两瓶好酒,好好和吴敏的丈夫喝几杯,给他说声'对不起'。你不但推心置腹地劝我,还借钱给我,你是好人! 我想过了,我一个人去吴敏家总不太方便,你可不可以陪我一起去?"

孙胜利一听想也没想,立刻就点头答应。齐新要给吴敏打电话,问她家的住址,孙胜利笑了:"用不着,我保证把你领到她家去。"看着齐新目瞪口呆的样子,孙胜利乐了,忍不住说:"实话告诉你吧,其实我就是吴敏的丈夫!"

（宋利民）

（**题图**:安玉民）

欠你一笔中介费

　　大李是个厨师,业余时间酷爱文学,喜欢看书,偶尔还能在报上发表一两个"豆腐块",拿几元钱稿费。由于家里穷,母亲又生病,最近朋友替他在外地一个大城市的一家宾馆餐饮部找到一份工作,反正他还是单身,所以当即就孤身前往。

　　初次来到人生地不熟的地方,周围没有一个朋友,大李觉得非常苦闷。这天晚上,他走出集体宿舍,发现路边有家"公话超市",便想给娘打个电话,问问她的身体,还有没有钱买中药,但一看玻璃门上写着"长途话费,每分钟三角",心里又嫌贵。

　　正在犹豫着的时候,玻璃门开了,看店的姑娘微笑着出来,冲大李招招手,说:"大哥,打电话请进来啊!"大李眼前顿时一亮:好清纯的姑娘啊!大李活到二十几岁,连女孩的手都没拉过,所以现在这个姑娘这么热情地对自己说话,他的耳根竟突然烧了起来。但他马上意识到这是"癞蛤蟆想吃天鹅肉",自己穷得连打三毛钱一分钟的电话都犹豫,哪还敢有这样的鬼心思?但也许是姑娘太有吸引力了,大李竟鬼使神差地走了进去,而且从此以后他拼命节衣缩食,用省下来的钱几乎每天都到这里来给娘打电话。当然啰,他每次顶多也只敢和娘说两三分钟的话,但是却与这个姑娘混熟了。姑娘名叫巧丽,本地人,父母都去世了,只有一个哥哥,也是打工的。

这天晚上下班后,大李照例去公话超市,意外地发现玻璃门上贴了张纸,凑近一看,竟是房屋出租信息。大李平时住单位集体宿舍,八个人挤一个很小的房间,人家一天到晚打牌赌钱、喝酒起哄,大李在这种环境下哪能看书写文章,简直是度日如年。他多么想自己能独立租个房间,可是一看租房价格,吓了一大跳,人家开出的价格,一个月的房租就顶他好几个月的工资呢,租了房不就得喝西北风去?

大李叹了口气,摇着头走进超市,聪明的巧丽一看就猜出他心思了,她一边给大李解释,说这是她帮一个开中介的小姐妹临时做做的,一边就从抽屉里拿出一本笔记本,对大李说:"大哥,别急,我知道你嫌那些屋租金贵,我帮你再找找,这上面有不少我小姐妹平时搜集的房屋租赁信息哩!"

大李见巧丽这么热心,心里很感动,便说,他想租一间小房子,十来个平方,价格在百元左右,还要离单位近些,步行最好不超过十分钟。大李的条件实在苛刻,巧丽把笔记本从头翻到底,也没有找到适合的。大李笑着说:"看来我这笔中介费你是赚不到了。"巧丽却不罢休:"嘿嘿,我非赚你的不可!明天我再到小姐妹那里查去。"

第二天晚上,大李刚出现在巧丽面前,巧丽就嚷着要带他去看房子。巧丽兴奋地告诉大李:"这房子昨天刚挂牌,很近,就在我们超市后面，房租又便宜，150元，我硬是帮你磨去20元了呢。走，我带你去看看。"大李一听惊喜万分，没想到巧丽真能找到这么便宜的房子，于是立刻就跟着她去了。

果然，这房离超市不足百米，进了巷口第一个门，转个弯就到了。巧丽把大李领到院门前，叫出房东后自己就回超市去了。房东把大李带进屋。大李一看，房间挺大，朝南，有床，有桌椅，一个人住正合适！大李很喜欢，但却留了个心眼，嘴上直咕哝说房租太贵。他东看看、西望望，与房东闲扯了一会儿之后，突然问道："大哥，你与刚才带我来的那位姑娘认识吗？"

房东生得五大三粗，外表看起来似乎蠢蠢的样子，实际上却极其精明，他一眼就看穿了大李的心思，笑笑说："我和她不就是个'见面熟'嘛，你真要想租，搬过来就是了，别管她，这样你不就省了一笔中介费？"

大李觉得这样做太对不起巧丽，可是一想到如果省下那100元中介费，可以给娘买好多副药了，于是就下定决心做一次亏心事，当天晚上就偷偷搬了过去。为了宽慰一下自己不安的良心，他给自己写了一张欠条：欠巧丽中介费100元。压在枕头底下，这样仿佛好受些。

两天后，大李去公话超市，一见面，巧丽就问："那房子看中了吗？"大李支支吾吾地说："房租贵了点，我、我想再看看。"巧丽冲大李眨眨眼睛，诡秘地说："你别着急，那房子我帮你留着，过几天我再去帮你杀杀价。"大李尴尬地笑笑，不知道说什么好。从那以后，大李到巧丽那里去的次数明显减少了。为什么？心里有鬼啊！他害怕再见到巧丽，可是心里却又总是想着她。

一晃二十来天过去了，这天大李正上班呢，在厨房里紧张地忙碌着，做肉包子的大胖师傅屁颠屁颠地从外面进来，一脸坏笑地凑近大李说："门口有个女的找你。"见大李不信，他又一本正经地说："我可不是跟你开玩笑，那姑娘像是公话超市里的那个小靓妹！嘿,小子,写文章的就是不一样哦!"大李一听"公话超市里的那个小靓妹",心里"咯噔"一下,心想:坏了,巧丽肯定知道那房子被我租了,现在上门讨中介费来了。唉,想想这事儿是瞒不住的呀,自己怎么会做下这等糊涂事呢? 这要是让大伙知道了,我的脸往哪儿搁呀!

犹豫了一会儿,大李央求胖师傅说:"麻烦你帮帮忙,出去跟她说,我今天没来上班。"胖师傅还以为大李怕难为情呢,狠狠地拍了拍他的肩膀,说:"真没用! 见了靓妞怎么吓成缩头乌龟啦? 你怕她把你'剁吧剁吧'做成肉包子馅?"说着用力跺了一下脚,晃着大脑袋,万分可惜地出去了。

这天,大李和几个同事一道下班,刚走出大门,胖师傅突然扯了一下大李的衣襟,大李顺着他的目光一看,脑袋"轰"地就大了:巧丽竟然在门口守着,正朝大李招手! 大李只好硬着头皮走过去。来到巧丽面前,大李的表情极不自然:"你……找我有事?"巧丽一脸焦急地说:"有个小房间,房租 110 块,离这儿又近,比你现在租的房子还要便宜,不过屋里条件当然比不上你现在住的。我来问你,想不想租?""我……"大李顿时张口结舌,只觉得脸上火辣辣的:原来巧丽早就知道我租房的事儿了。

见大李半天不吭声,巧丽又说:"你先考虑考虑吧,我要回超市了,我出来已经有一会儿了。"巧丽一走,同事们"呼啦"一下都围了过来,冲大李挤眉弄眼,大李只好解释说,他和巧丽之间只是普通朋友。大伙儿根本不相信,胖师傅拍拍他的肩膀,语重心长地说:"书呆子,你的桃花运来了! 这种事大哥我见得多了,巧丽要不是看中你,会对你的事这么热心? 你得抓住机会,可别辜负了人家的一番心意噢。嘿嘿!"

被胖师傅这么一说,大李回到出租屋,躺在床上,翻来覆去难以入眠,巧丽的音容笑貌总是在他眼前挥之不去:莫非真如胖师傅说的,巧丽真是喜欢上自己了? 第二天晚上,大李刻意把自己打扮了一番,然后就去邀请巧丽到路边的大排档吃夜宵,巧丽果然很爽快地答应了。于是大李兴奋地和巧丽来到大排档,点了几个菜,要了两瓶啤酒,两个人坐下边吃边聊,不知不觉两瓶啤酒就见底了。

大李平时酒量小,这时候脑子已经有点晕乎乎了,埋单时,他掏出身上仅有的100元钱,递到巧丽面前,脱口道:"巧丽,我还欠你一笔中介费呢!"话一出口,他立刻意识到自己说漏了嘴,顿时羞得满脸通红。巧丽一愣,可马上就回过神来,她把钱推了回来,说:"这100元你还是先给你娘寄去吧,至于我嘛,哪怕到猴年马月、海枯石烂,我都会记得这笔账的。"

大李心里感动万分,尤其是听到"海枯石烂"这个词,他更觉浑身暖意洋洋,脑子里便胡思乱想起来。大李说:"巧丽,到我房间去看看吧!""好啊,顺便向你借几本书!"巧丽又是十分爽快地答应了,大李心里激动得"怦怦"直跳。

说话间,他们就来到了大李租的小屋。见屋里收拾得有条有理,巧丽着实把大李夸了一番,而后她便开始翻看大李的书。由于刚喝了点酒,巧丽的脸颊绯红,妩媚至极,大李呆呆地看着她,不知不觉中呼吸越来越急促,只觉酒劲直往上涌。他一把拉住巧丽的手,结结巴巴地说:"巧丽,我……我……"巧丽吃了一惊,脸"腾"地红到了耳根,急慌慌地想要抽回自己的手。此时,大李已失去了理智,像发了疯一样,死死抱住巧丽,想亲吻她。挣扎之中,巧丽"啪"地一个耳光抽到大李的脸上,大李这才慌忙放开她。大李看见巧丽眼里噙满了泪水,她喘着气,愤怒地盯着大李看了足有半分钟,而后拉开门跑了出去……

那天酒醒之后,大李为自己的一时失态懊恼万分。事隔两天,他鼓足勇气再次走进公话超市,想向巧丽道歉,可是巧丽却没了影,一问,才知道巧丽辞职了。大李失魂落魄地向超市老板打听她的下落,老板说:"我也不知道,你去问她哥啊,她哥的家就在后面巷口第一个门,转个弯就到了。"

"啊!"大李一听,顿时目瞪口呆,心里"怦怦"直跳,按着老板的指点跑去一看,果然,自己的房东就是巧丽的哥哥。

大李犹豫了半天,才心情复杂地踏进巧丽哥哥的家。他正忙着,见大李来了,脸立刻沉了下来,不冷不热地问:"你来干吗?""我……我……"大李"我"了半天,竟然连句囫囵话都说不出来。

半晌,巧丽的哥哥才叹了口气,说:"唉,我妹妹真是太善良了。她总觉得你人好,有才华,家里又那么困难,所以一听说你要租房子就来找我,让我便宜点租给你,这样可以替你省下一笔中介费。这丫头还特细心,生怕你知道了会过意不去,让我千万别告诉你我是她哥。可是你怎么能……"巧丽哥哥说到这里,眼神忽然黯淡下来,再也没开口。

大李只感觉脸上烧得厉害,越发连头都不敢抬了。

沉默了好半天,巧丽哥哥才接着说:"唉,你太让巧丽失望了!她让我告诉你,别找她了,就是找到了,她也不会见你。今后,你好自为之吧。"

从此,大李果真再也没见到过巧丽。每每想起她,那愤怒的眼神就如同刀子一般横在大李的心里,让大李感觉一阵阵疼痛……

(时英友)

(**题图**:安玉民)